我抓鬼的日子

之9 神鬼時空

君子無醉—著

目錄

第九十一章

九陰鬼域

《青燈鬼話》有云：九陰通幽冥，幽冥即通，鬼域必現！
這裏就是一處可以連通幽冥的九陰鬼域。
之前我一直以為真正的鬼域是不存在的，
但是，現在我不得不相信了，
鬼域不但存在，而且裏面真的是屍魂縱橫！

我有些緊張地沿著大壩上小道爬上去，站在壩頂，見到了一個緩緩向下墜去的背影，正要消失在那一片無盡的黑暗之中。

「大同，到底怎麼了？你看到什麼了？」鬍子跑到我身邊，疑惑地問道。

我搖了搖頭，沒有說話。

「算了，你不說也罷。還是說正事吧，現在咱們到了，接下來怎麼辦，你想好了沒有？」鬍子皺眉問道。

「我要下去。」我看著無底深淵，堅定地說。

「你可要想清楚了，這裏根本不知道有多深，你的助力傘飛行時間有限，可別到時候出現什麼意外情況。」鬍子擔心地說。

「放心吧，我會小心的。」我和鬍子一起去把助力傘抬到大壩頂上。

泰岳和玄陰子也走了上來。他們知道我要做什麼，心情都有些沉重。

「你下去以後，千萬不要硬撐，不能再前進了就趕緊回來，可別一條路走到黑，到時候燃料沒了，飛不回來了，可就麻煩了。」泰岳幫我把助力傘裝上，又有些疑惑地看了看玄陰子道：「你真的認為這深淵裏有東西？」

「我也不確定，但是現在也只能冒險一試了，你們要是不願意去的話，我去。」玄陰子走上來就要搶我的助力傘。

「不，誰都不要搶，就我去。」我歷盡千難萬險才來到這裏，如果不能親自一探究竟，我死都不會瞑目的。

我背上助力傘，裝滿燃料，又在腰上掛了一桶汽油。我的裝備很齊全，身上穿著厚實衣衫，戴著頭盔，頭盔上有一盞高能探照燈，可以照出一兩百米遠。我穿著深筒鋼板軍靴，腰間更有陰陽雙尺、打鬼棒、工兵鏟、備用手電筒。

我望著那個女人背影飛失的方向，打開了助力傘發動機，沿著大壩小跑起來。

「嘟嘟嘟嘟——」助力傘的螺旋槳飛速旋轉起來，掀起一股大風，很快就把後面的傘葉撐開來，我的兩腿開始離地，向上升了起來。

「你們安心等我回來！我一定會沒事的！」我身在半空，扭頭大喊道，接著一拉助力傘的繩子，壓低傘葉，向無底深淵飛了下去。

飛離大壩之後，我想先探探深淵的底。但是，我向下落了不下一萬米之後，卻還沒有到達深淵底部，心裏開始打起了嘀咕。莫非這深淵真的一直通到地心不成？

我抬頭四下看去，發現了一個更加嚴重的問題。

此刻，我正處於一片虛空之中。剛才下墜的時候，一直豎立在身後的岩石峭壁，不知道什麼時候，居然不見了。我只感覺自己飛進了太空之中。

我的心裏有些沒底了。助力傘的燃料已經消耗一半了，如果現在果斷返航，也要把那桶備用燃料都消耗光了，才能夠升到壩頂。

我有些猶豫了。然後我想到身上攜帶的燃料，已經是全部的燃料了，如果現在放棄了探索，那麼近期絕對沒有機會再飛進這裏了。

「那我就拼了！」我一伸手關掉了發動機，就這麼拉著降落傘直直地向下墜去。

我想，反正都是往下降，開不開螺旋槳都是一樣的。不開螺旋槳還可以節省燃料，加快下降的速度。

果然，下降的速度明顯加快了，耳邊刮著很強的冷風。可是，就這麼快地下降了一個小時，我還是沒有落到底。

我不禁額頭暴起了一層冷汗，知道情況嚴重了。現在我遇到了一個無法解釋的詭異狀況。我真的飛進了一個無盡的空間。

這一個小時裏，我一直看著手錶，計算下降的距離。我足足下墜了近兩萬米，這是一個什麼樣的深淵？

我的倔脾氣也上來了，乾脆橫下一條心，壓根兒就不去想怎麼飛回去了，就這麼一直向下墜到底為止。

做出了這個決定，我的心情由擔心和恐懼，漸漸恢復了平靜。

我連續下降四五個小時後，有些膩煩了，精神也有些萎靡，居然不知不覺地睡著了。

不知道睡了多久，當我被「嘟嘟嘟——」的發動機震響聲吵醒的時候，發現自己居然還是沒有落到地。

「他媽的，不是吧？難道我不小心把螺旋槳又打開了？」我抹抹嘴角的口水，伸手摸了摸控制開關，卻發現螺旋槳根本沒有打開。

那個發動機的聲音不是我發出來的。這麼幽深黑暗的地下，居然有發動機的響聲，這不是見鬼了，就是遇到地下人類了。

我趕緊抬頭四下看去，尋找發動機聲響的來源。

很遠的地方，有一點亮光。我連忙打開發動機開關，一拉助力傘的操控繩子，滿心興奮地向那點亮光飛了過去。

沒有想到，此時那點亮光居然也正向我飛來。很快，我們就碰頭了。

我正好處於那個亮光的斜下方，光線沒有直射我的眼睛，我看清楚了，亮光來自一架小型木質滑翔機。

滑翔機的艙門中透出昏黃的光芒，兩隻翅膀上的燈光一閃一閃，有些刺眼，機體上還趴著一個個黑乎乎的東西。

我把頭盔上的高能探照燈對準了機身。這才發現，那是一具具猙獰凶戾的腐屍！

那些腐屍死死抓著機身上的鉚釘，如同地獄的亡靈一般，想把這架從地獄中逃脫的飛機拖回到無底的深淵中去。

機身上還有一個偉岸的身影，那是一個身材高大的男人。男人滿臉鬍渣，緊咬牙關，面容剛毅，穿著一件灰白色風衣，風衣上染滿鮮血，千瘡百孔，手裏緊緊攥著一根鐵棍，冷冷地盯著四周的腐屍。

「嗚哇——嗚哇——」一聲聲嘶吼傳來，那些腐屍如同瘋狗一般飛躍起來，向那個男人撲去。

男人緊皺眉頭，一手抓住機身上的鉚釘，一手揮舞著鐵棍，與那些腐屍展開了慘烈的廝殺。頓時血色飛濺，殘肢亂飛，一聲聲慘烈的叫聲響起！

那個男人，只是一個普通人，他沒有克制陰邪的法寶。一個普通人面對腐屍，如果能夠鎮定自若，已經算是難得的勇氣，現在，他不光面對如此多腐屍臨危不懼，而且還奮起抵抗，可以想像，這是一個怎樣血與火鑄就的鋼鐵男人！

戰鬥進入尾聲，男人終於憑藉自己的意志，戰勝了大多數腐屍。現在，他的面前只剩下一個又黑又大的巨型腐屍。而男人也已經是全身血肉淋漓，呼吸凝重，他顫抖的手幾乎握不住手裏的鐵棍了。

男人趴在機身上，劇烈地喘息著，狼一樣的凶狠眼神冷冷地凝視著那頭巨型腐屍。

「啊——」一聲怒吼，男人猛地撲出，抱著那具腐屍一起墜入了深淵。

這一戰，他雖然犧牲了自己，卻完全勝利了。在他墜落的一剎那，他回頭看向機艙門，露出了一個微笑。

「不要——」一聲撕心裂肺的慘叫聲從機艙裏傳來。接著，機艙門猛然打開，一個女人的身影顯現出來。

「呼啦——」一陣勁風撕扯，女人的長髮飛散，單薄的身體在疾風之中搖搖欲墜。她俯身向下望去，目光與男人的視線相接，她的淚水被風吹散了。

「孩子——」深淵之中，遠遠地傳來一聲呼喊。

這一聲呼喚驚醒了淚眼迷濛的女人。女人慌忙抹乾眼淚，回到機艙中，流著淚握住了操縱桿，駕駛著飛機一路向上飛升。

在她的旁邊，一個搖籃被緊緊地綁在副駕駛座位上，搖籃裏躺著一個嬰兒，那個嬰兒正瞪著一雙大大的眼睛。

「嗚嗚嗚嗚———」小型滑翔機拖曳著黑墨一般的尾氣，向上方急衝而去，漸行漸遠，最後完全消失在夜空之中。

我抬頭看著那虛無黑暗的蒼穹，早已心潮澎湃。那個男人我並不認識，可是，那個女人，正是我在深淵大壩上見到的那個。她面容清秀，眉宇之間帶著一股英氣。

她，究竟是誰？

四周是一片黑暗，虛空，死寂。整個世界，又只剩下我一個人。

我要去向哪裡？會飄向何方？

「啾啾———」我的耳邊忽然傳來蒼涼的長笛聲。

我回頭去看，只見那個女人又出現了，她正在引導著我。她的衣衫已經換了一條粉紅長裙，手裏是一桿金色長笛，背後是一株盛放的杏花，花瓣隨風翩翩飛舞。

她微微眯眼，吹奏著一首攝人心魄的亡靈之曲！她輕踩漫步，身影搖曳，向無盡的虛空走去，漸行漸遠，最後消失了。

我快速扯動助力傘操控繩，打開螺旋槳的開關，想駕駛助力傘追過去，跟上那個女人。突然，一陣刺骨的冷風撲面而來。

「呼——」陰風乍起，我猛然驚醒。原來剛才看到的一切，都是一場夢！我這時才是真正醒來。

我看看四周，發現環境已經有所改變。一陣陣冷風迎面吹來，我搓搓僵冷的臉頰，打開螺旋槳的開關，迎著冷風向前飛去。

沒有想到，凜冽的寒風卻越來越強，最後幾乎變成了狂風。助力傘最多只能抵擋八級大風，現在，隨著傘葉的扯動，我已經開始飄搖起來。

這個時候，我才猛然發現，那狂烈的大風並不是直來直往的吹，而是盤旋著吹的。也就是說，這是一股龍捲旋風的外圍！我現在正隨著盤旋的大風一點點地深入龍捲旋風之中！

我不禁心裏一沉，拼命地拉動操控繩，想駕駛助力傘駛離旋風圈。

「嘟嘟嘟嘟——」我背對著狂烈的旋風，咬牙盡力向後駛去，但是，壓根兒就無法掙脫狂風的控制範圍。

隨著油箱裏的燃料告罄，螺旋槳的旋轉開始慢了下來。

「呼啦——」

終於，在掙扎了半天之後，一陣勁風扯過，我連人帶傘被那大風一吹，如同被一隻無形的大手拽著一般，隨著那大風，在那巨大空曠的黑暗空間之中，飛舞盤旋起來。

風力越來越大，我距離旋風的中心也越來越近，助力傘已經無法操控了。我全身抱成一團，不做任何反抗了。

大風之中開始夾雜細碎的沙石。沙石打在我身上，針扎一般的疼。我更不敢抬頭了，只能用雙臂緊緊護住腦袋。

「砰砰砰——」

「沙沙沙——」

呼嘯的狂風之中，無數碎石朽木向我的身上和助力傘上落來。助力傘葉被尖利的碎石劃破，漸漸失去了浮力，我如同一塊石頭，急速向下墜去。

我心裏真的是有些絕望了。沒有了助力傘的緩衝，自由落體必死無疑。我可能會摔成肉餅，也可能墜入灼熱的地心岩漿之中，徹底融化。

我緊咬牙關，硬頂著飛沙走石，拼命扯動助力傘的操控繩，盡力向旋風的中心飛去。因為，我聽說龍捲風的中心其實是無風的。

「劈里啪啦——」我只感覺身上所有裸露的皮膚都如同被刀割一般疼痛。這一次，我相信自己肯定要毀容了。

「咯吱——劈啪——」我頭上的探照燈被砸破了，燈泡也碎了。失去了照明，我茫然地看著四周的黑暗，滿心絕望。

突然，狂暴呼嘯之中，一陣蒼涼的笛聲由遠而近。我下意識地伸手去摸腰間的備用手電筒。

沒想到，我剛把手電筒摸到手裏，還沒來得及打開，便覺得身體被一隻無形的大手抓住，猛然向前移動了一段距離，接著四周的風聲突然靜下來了。

當我向前看去的時候，心中一陣驚嘆。這是我見過的最恢弘壯觀的場面。在我的面前，是一道道如龍蛇扭曲的閃電，從蒼穹中勁射下來，一直延伸向深淵。閃電照亮了這個空間，形成了柵欄一般的電網之牆，我看不到它的邊際。

而在我的面前，數道閃電交纏而下，後方卻是一大團漆黑如墨的陰氣之雲。陰氣之雲翻滾躥騰，如同海浪滔天。

我這時才回過神來查看自己的情況。我背上的助力傘葉已經千瘡百孔了，但是，不知道為什麼，此刻我居然仍能懸浮在空中。

這個空間的內層是電網之牆封閉起來的陰氣空間，外層則是凶險異常的狂暴龍捲颶風。這個空間是颶風和電網牆之間的狹小夾層，厚度不到一百米。

這個夾層中沒有風，甚至連地心引力都沒有，我可以懸浮，可以像一條魚一般在空中暢游。覺察到這些詭異的狀況之後，我徹底愣了。

我到底是在哪裡？接下來我要怎麼辦？我很快鎮定了下來，因為，再次進入狂暴的颶風之中，顯然是不可能了。所以，現在唯一的出路，就是衝破電網，深入到陰氣之雲中。

我相信，電網之中的世界，應該就是我要尋找答案的地方！

我興奮地大吼著，舞動四肢，向電網衝了過去。

「喀嚓——」一聲震響，一道刺目的閃電在我額前劃過，差一點就將我擊傷。

我心裏一凜，這才意識到電網之牆的厲害。閃電無處不在，迅捷無比，我根本不知道能不能躲過閃電的頻繁攻擊。因此，如果要強行通過電網的話，要做好接受天雷電擊的準備。

我並非沒有遭遇過雷擊。那一次雷擊，即便我的身體恢復能力超強，也在床上躺了半個月才恢復過來，痛楚的感覺記憶猶新。

刺目的電網，就位於我身前不足五十米遠的地方。我沒有退路，只能硬衝過去。我想，如果不走運被如此強力的雷電擊中，也會解脫得很快吧。那麼，也就沒什麼可怕的了。

「喀嚓——」一聲聲震響傳來，一道道刺目閃電從我身邊劃過。我四肢並用，在閃電的縫隙中緩緩向前游。

閃電太刺眼，我根本不知道自己通過了多少路，但是，我感到離陰氣越來越近了。

我成功了！從電網中穿過，居然一點兒都沒傷著！

「喀嚓！」就在我的狂喜還沒有退去時，一聲震耳欲聾的響聲在耳邊炸起，我只感覺眼前一片白花花的，就頭一歪，身體一軟，昏死了過去。

如果在進入深淵之前，我知道會有雷擊的話，我就會帶上那件遮天的屍衣，就不會被雷電擊中了。

閃電可以滅殺修為深厚的妖靈，可以瞬間將最凶狠的亡靈擊散。如今，我的肉體大概已經被滅殺得差不多了，我感覺自己漂浮在一片淒冷的黑暗裏，還聽到了遠處有一陣陣淒厲的號叫。

但是，可能是我身體遭受的創傷太重，我無法馬上醒來。眼皮彷彿有千斤重，怎麼都睜不開，四肢也根本動不了。

我累得筋疲力盡，卻還是在昏睡中，醒不過來。

此時，我真的要感謝祖師爺的護佑。就在我昏迷不醒的當口，一股熱流從腰部傳來，漸漸擴散到全身，我的身體被溫暖了。這種暖洋洋的感覺，猶如沐浴在春日的陽光下一般，無比地放鬆舒暢。

得到這股溫暖的滋養，我可以清晰地感覺到，全身的傷口都在迅速癒合。我漂浮在溫暖的空氣中，如同嬰兒漂在羊水裏一般，汲取著生命的能量，有一種重生的奇妙感覺。

也不知道過了多久，突然一陣凶戾的鬼叫聲在我的耳畔響起，與此同時，那種滋潤我身體的溫暖感覺猛然褪去，接著是淒厲的慘叫聲，似乎有什麼東西，被我的陽尺氣場擊飛了出去。

我推測，應該是有什麼東西想偷襲我，就被陽尺自行運轉產生的純陽罡風氣場反彈了出去。那個東西可能是看到我一個人昏迷著，比較好欺負，所以想來占點便宜，卻想不到我的身上居然有這麼一件法寶。

不過，由於被那個東西干擾了一下，陽魂尺形成的純陽氣場也有了波動，純陽之力一洩之後，隨之消失了。

「呼呼——」純陽氣場退去之後，一陣冷風刺骨而來，猛地將我吹醒了。

我渾身一震，睜眼四下一看，感到一陣疑惑。

我簡直就是處在一個魔幻的空間裏，讓我還以為這是在做夢。我趕緊在自己的手臂上狠狠地掐捏了幾下，發現確實不是做夢之後，這才滿心好奇地打量這個世界。

這個世界給我的第一感覺，就好像一幅素描畫冊被潑上了鮮血一般，到處都一片黑紅。這裏光線十分暗淡，隱隱散發出一股血腥之氣。

我仰首看上方，發現沒有雲霧，沒有日月星辰，只有一片漆黑的蒼穹。這個世界的光線似乎是憑空出現的，不知道來自何方。

而我此刻正懸掛在一棵粗大的紫紅色巨樹上。

想必我從空中跌落的時候，正好掉到了這裏，然後助力傘包就掛在巨樹的一根枝丫上了，我也就這麼半吊在距離地面將近四五十米高的地方。

我不得不暗暗慶幸自己運氣太好。如果我當時直接掉到地面上，就算沒有被摔成肉餅，也早已被那些腐屍撕扯成碎片了。

在這個世界裏，除了山石樹木的顏色與外面的世界不同之外，這裏的原住居民也非常彪悍。它們無一例外，都是凶戾殘暴的腐屍。

就在我醒來之後不久，就已經覺察到了異樣，也看清楚了樹下圍堵著的大批腐屍。這些腐屍細分起來，有只能跳著往前走的殭屍，有血肉淋漓的血屍，有渾身漆黑的嗜血陰屍，更有一些比猴子還靈活的、不知道是什麼種類的凶戾屍魁。

現在，有很多爪牙尖利的屍魁，順著粗大的樹幹攀爬上來，開始向我靠近。

想必，我沒有醒過來的時候，那個被陽尺氣場彈飛出去的東西，就是第一個爬到我身邊的屍魁。

「吼吼——唔呀——」

這些凶戾的屍魁，渾身肌肉青黑發紫，在暗淡的血色光芒下，散發出一種水銀般的光澤，一看望去，讓人感覺它們的軀體猶如金屬一般，顯得堅韌強健。

我看到，這些屍魁真的如同猴子一般，四肢細長、爪牙尖利、獠牙分明，空洞的大眼圓睜著，發出一股股幽幽的藍光。

對於這些屍魁和腐屍來說，我這個血肉之軀的人類，自然是一道千年難得一遇的美餐，因此它們全都發瘋一般地向我衝過來。

這個時候，一陣陣淒厲陰風從林間刮過，吹得我寒毛直豎。我瞇眼四下看去，這才發現那陣陰風赫然是由無數黑氣繚繞的陰魂組成的。

我不禁倒抽一口冷氣。在這個世界中，只有成群的陰變腐屍，以及瀰漫在空氣中的陰冷冤魂。這裏是九陰之地，是一個鬼域！

《青燈鬼話》有云：九陰通幽冥，幽冥即通，鬼域必現！那麼，這裏就是一處可以連通幽冥的九陰鬼域。在此之前，我一直以為真正的鬼域是不存在的。但是，現在我不得不相信了，鬼域不但存在，而且裏面真的是屍魂縱橫！

「唔呀——」一聲尖厲的叫聲從我頭上傳來，同時有數滴腥臭的口水滴到我臉上。

我抬頭一看，只見一頭體大臂長的屍魁已經爬到了我頭頂的樹杈上，正在雙爪扒著樹杈，側頭看著我，做出了準備攻擊的姿勢。

我有些無奈地抬頭與這個屍魁對望著。我心裏的疑問太多了，雖然我來到了這個未知的世界，但是，我要尋找的答案仍然沒有找到。

屍魁非常凶狠地瞪著我，四爪騰空，果斷地向我撲了過來。

「你他媽的！」我冷喝一聲，順手抽出了背上的工兵鏟，雙手握住，猛力一揮，如同打棒球一般，將屍魁砸飛了出去。

「哼！」我鄙夷地看著那個屍魁，心裏不禁一陣暗笑。

但是，我也無法從容地沿著樹幹滑下去，因為這些恐怖又噁心的屍魁已經把我的路給堵死了。

我可不想在這幾十米高的樹幹上，像走鋼絲一樣和這些鬼東西搏鬥。我皺眉沉思了一會兒，不覺心生一計。

天外飛仙！我的背上不是還背著助力傘嗎？

助力傘的燃料沒了，可是，我的腰裏還有一桶備用汽油。助力傘的傘葉是沒用了，因為，傘布不但被沙石磨破了，現在還掛在樹枝上，想要繼續使用是不可能了。所以，我準備乾脆把傘葉摘掉，單獨使用螺旋槳。

這個螺旋槳可沒有壞，只要有燃料就能轉起來。於是，我把腰上掛的汽油桶往助力傘的油箱裏注滿汽油。然後，伸手從小腿上抽出一把鋒利的匕首，開始割助力傘的繩子。

在我割繩子的時候，那些屍魁還在不斷地騷擾我。

不過，因為手裏有了匕首和工兵鏟，所以，那些屍魁撲過來，都是自尋死路，只是浪費我一點兒時間而已。

我終於把助力傘的繩子割得差不多了，整個人也斜著墜了下去，這才一按開關，把助力傘螺旋槳的開關打開，接著猛地一擰身，翻身向上，借助螺旋槳的推力，猛地一揮匕首，把最後一點兒繩子割斷。

我背著「嘟嘟嘟嘟——」急速旋轉的螺旋槳，如同一隻巨大的蒼蠅一般，在樹林裏沒頭沒腦地飛了起來。

由於一開始的時候，我是面朝上的，所以，我乘風而上飛了一段距離。但是，我隨即一翻身，螺旋槳的風力一推，我就一頭向著樹林裏栽了下去。

這個時候我才發現，螺旋槳不但沒能延緩我的下墜趨勢，反而加快了我落地的速度。我連忙關掉了螺旋槳，接著就從幾十米高的空中自由落體，砸了下去。

「啊——」我真的有些害怕了，驚恐地大叫起來。

幸運的是，地面上有一群腐屍，我這麼一喊，那些腐屍一齊擁堵到了我正下方的地面上。

結果，當我落地的時候，壓根兒就沒有感覺到什麼疼痛。那麼厚的一大堆肉墊子幫我緩衝了巨大的衝擊力。

最後，要不是有一具殭屍的肋骨被我砸斷了，在我小腿上戳了個傷口，我的這次落地就是完美的了。雖說我壓根兒就不是這樣計畫的。

不管怎樣，我還是安全地從樹上下來了，砸倒了好幾具腐屍。

隨即，四周的腐屍都向我飛撲了過來。它們有的張著大嘴號叫著，有的揮舞著尖利的爪牙怒吼著，有的全身血肉淋漓的，有的兩臂平伸，有的只有半個身體、用一隻手臂在地上爬動著。

我以前還沒有被這麼多腐屍圍住，簡直能直接就把我給埋住了。我有些驚恐，所以，一出手就是陽魂尺，直接祭出了大殺器！

「撲——呼——」我全身熱血沸騰，陽魂尺熾熱的純陽氣場噴薄而出，瞬間將那些腐屍都震飛出去。

一擊之後，我緩解了腐屍圍攻的壓力，馬上卸掉背上的助力傘螺旋槳，然後一轉身，瞅準一個空隙就拼命地跑起來。

我飛身躍出重圍，甩掉腐屍，兩腿生風。要命的是，這裏是屍魂縱橫的世界，不管我怎麼跑，跑到哪裡，總會有一些腐屍追著我。

這時候，我有些懷念那個助力傘了。要是助力傘還能用的話，我不就可以甩開這些腐屍，在空中自由飛翔了嗎？

我首先想到的辦法，就是上樹！

但是我轉念一想，我剛從樹上下來，上樹也逃不過追擊。現在，我要想躲過腐屍的追擊，只有兩個辦法。第一是找到一個堅固的掩體躲進去，把腐屍全部拒之門外，但是，在這個詭異的世界裏，想要找這麼一處戰略要地顯然是不現實的，我壓根兒就不瞭解這裏的地形。

另一個辦法，就是製造屍衣了！

屍衣遮天，不但可以躲避天雷之劫，而且能令鬼神莫辨。也就是說，只要穿上屍衣，就不會被鬼神發現，成為一具屍體一般的存在。

所以，現在我需要一件質地上好的屍衣，唯有屍衣，可以解難！

在以前的世界之中，想要一件屍衣要費不少事。但是，現在我想要一件屍衣，根本就不是犯難的事，因為，面前有大把的資源可利用。

我一咬牙，瞅準一棵高大的古樹，飛身一躍，抓住一根樹枝，翻到了樹杈上，然後一路爬了上去。

那些一直追擊我的屍魁，也都「嗚哇哇」地鬼叫著，四爪抱樹，向我爬過來。

我爬到大樹頂端，騎在一個樹杈上，低頭向下看去，只見屍魁正一個接一個地爬上來。我心裏一陣暗笑，從背包裏取出一捆繩子，打了一個活結繩扣，隨手往下一甩，就套住了一隻屍魁的手爪，將它拎了起來。

「嗚哇哇——」這隻屍魁還挺凶悍，被我捆住手爪拎起來之後，張開大嘴就去咬繩子，差點把繩子給咬斷了。

幸好我的動作夠快，把它往上一提，手裏的陽魂尺一捅，點到了它的心窩上，把它給收拾了。

將這隻屍魁的陰魂擊散之後，我把屍魁往樹幹上一搭，拔出匕首，開始忙活起來。

這些屍魁，算是腐屍裏最凶戾高等的了，所以，它們身上的毛髮是製造屍衣的最佳材料。不過，讓我有些失望的是，這些屍魁身上沒有多少毛髮，身體挺光滑的。

我不想要短小的絨毛，而是急需一些又長又黑的毛髮，好做一件披風。屍魁的頭髮正好可以滿足這一點要求。屍魁身上雖然沒毛，但是頭髮都很長，我就當一次剃頭匠，幫它們理髮。

沒用多長時間，我已經從屍魁的頭上斬下了一大捆又黑又髒的長髮了。我微微一笑，起身拍了拍手，把搭在樹幹上的屍魁一腳踢飛下去，抓起那捆頭髮，向著更高的樹飛躍過去。

在我們老家，土匪叫「長毛賊」。現在的我，也是一個長毛賊。

我如法炮製地從一些屍魁身上收集了足夠多的頭髮之後，就爬到了一棵非常高的樹上，拆開隨身帶的一根尼龍繩，用繩絲編了一個假髮套和一個蓑衣披風。

我現在是屍髮飄逸，屍衣遮天，應該不會被這些腐屍辨認出來了。

第九十二章

獵屍聯盟

他冷笑著說道：
「實話告訴你吧，這只是開始。我們獵屍聯盟有上千人。
你膽敢得罪我們，就只有死路一條！
有種的，你就在這裏等著，我們的人馬上就會過來了。
等他們帶了武器過來，我看你還敢囂張不！」

我剛開始從樹上下來的時候，還真是有些心虛的，擔心被那些腐屍辨認出來，又要撲過來圍攻我。但是，這些腐屍對我完全失去了興趣。

當我從它們身邊走過的時候，這些鬼東西壓根兒就沒有發現我。我甚至對著一個身材高大的長毛屍魁揮了揮手，它冷眼看了看我，就轉身走開了。

我很得意，跟在它屁股後面把它罵了一通之後，這才帶著滿心喜悅地哼著歌，非常悠閒地在樹林裏溜達了起來。

在這個陌生的世界裏，我從醒來到現在都沒有消停過，不是在逃命就是在忙活著做衣服，所以對這個世界完全不瞭解。

現在，我要好好逛逛，再找到引起崩血之症的關鍵。

「呼呼呼——」一陣陣陰風襲來，冷颼颼的，我不禁寒毛直豎。

天空沒有日月星辰，整個世界透著一股血紅色，很像是太陽落山之後，大地即將完全黑暗下來的樣子。

我沿著樹林裏的一條碎石小路向前走去，沒多久，就爬上了一個光禿禿的山頭。

我站在山頂上放眼望去，這才發現，在我的周圍，也就是山頭底下，全都是黑紅色的樹林。樹林的面積非常廣闊，看不到邊際。我不覺心裏有些犯難，實在不知道接下來該往那邊走，也不知道該做些什麼。

到處都是一個樣子，除了樹林還是樹林，只在最東邊有一處火紅色的岩漿之海，最西邊有一個非常高的黑色山頭。可是，這兩個地方都非常遠，我想要走過去的話，根本是不可能的。

就在我正在猶豫的時候，在我的正北方，一處茂密的森林之中，突然閃起了一點光亮。我心中一喜，不禁撒開雙腿，向那邊飛奔了過去。

那個亮光雖然很微弱，卻讓我看到了希望。因為，從亮光的顏色，我判斷出來，那可能是一堆正在燃燒的火焰。

既然有火，就說明那邊有人。腐屍是不會生火的，它們懼怕火，絕對不會自己去玩火。在沒有陽魂尺這種大殺器的情況下，火，絕對是對付腐屍的最佳武器。

所以，一看到火光，我立刻就明白過來，在這個世界裏，並不是只有腐屍和陰魂，這裏也有活人！

「哈哈哈！」我很興奮地大叫起來。

我不知道狂奔了多遠，不知不覺就穿過了樹林，已經可以清晰地看到一叢跳躍的火焰了。

那是一個正在燃燒的火堆。火堆在叢林的空地上，如果不是擁有高智商的人類，斷然做不到。

我難以抑制心頭的興奮。我又向前跑了數十米，就嗅到一股非常濃郁的烤肉香味，從火堆的方向傳過來。

不錯，果然是有活人，而且他們還正在吃烤肉！

「喂，有人嗎？——」我一邊跑一邊高聲喊道。沒想到，我這一句話還沒有喊完，腳下猛地一緊，一個繩扣就捆住了我的腿，把我一下子吊到了半空。

我中了陷阱了！

但是，我沒有很擔心。畢竟，這裏腐屍遍地，如果這裏真的有活人的話，那麼肯定是長期處於腐屍的威脅之中。他們既然敢在林中空地上點火燒烤，那麼在空地外圍設置陷阱，也是可以理解的。

所以，我非常響亮地喊了起來，對那些設陷阱的人喊道：「喂，請問有人嗎？我不是腐屍，我是活人！你們把我放下來吧，我有事情和你們說。」

我話音剛落，只聽「嗖嗖嗖——」一陣響聲傳來，有十幾個全身烏黑乾瘦的人影從四周的大樹上跳下來，圍住了我。

「哈哈！這次賺到了，抓了一個活的，夠吃好幾個月了。」一個黑影站在我上方的樹幹上，滿心興奮地對他的同伴說。

「哈哈哈，快快，快把他弄下來，我要把他的大腿肉做成肉乾！」另外一個尖細的聲音也興奮地說。

「好啦，好啦，都別急，讓我先把他放下去，你們注意看著，要按住他！」站在樹幹上的黑影說道。

這個時候，就算我再不願相信，也知道他們想要做什麼了。他們這是要把我當食物吃掉啊！

我千算萬算，就是沒有算到，這裏的人類居然比腐屍還恐怖！

我不有些瘋狂地大叫起來：「喂喂喂，你們不要吃我，我是活人，我是活人！我有事情問你們！」

「哈哈，你當然是活人，我們要吃的就是活人，不是活人，我們幹嘛吃你？你以為我們只吃腐屍嗎？我告訴你吧，我們最喜歡吃的就是活人！」一個黑影詼諧輕鬆地說道。

「你們連人肉都吃？你們不也是人嗎？你們怎麼能吃自己的同類？」我滿心疑惑地問道。

我觀察著他們，發現這些人身上都穿著烏黑的皮質衣衫，都是長髮飄飄。他們的臉頰像刀刻一般尖瘦，有些人更是獠牙分明，他們的眼神既興奮又凶戾，在昏暗的光線中發出綠色的光芒。

「哈哈，我們當然是人類，不過嘛，和你不是同類。因為，你是我們的獵物，哈哈哈！」

一個黑影興奮地大笑著，接著招呼其他同伴，一起圍到我的下方，仰頭看著我，只等我掉下去。

他媽的，邪門了，我怎麼就忘了這個事情了呢?!

在這個世界裏，沒有陽光，沒有雨露，自然也就沒有農作物，甚至連活的動物都沒有，那麼如果這裏有活著的人類的話，很顯然，他們想要存活下去的唯一辦法，就是吃屍體。

依靠吃屍體的腐肉活下來的人類，會是什麼樣子的？而這些整天吃腐肉的傢伙，突然見到了一個白白胖胖的鮮活人類，他們會是什麼樣的反應，也是不難想像的。

這個世界裏最凶殘的物種，並不是那些腐屍，而是這些餓急了眼的人類，他們為了生存，連最凶猛的殭屍都能獵殺，還有什麼事情是不敢做的？

我還真是夠倒楣的，剛出了狼窩，就一頭扎進了虎穴，現在該怎麼辦？

和這些兩眼綠光閃閃的傢伙，顯然是沒有講和的餘地了，那麼唯一的辦法，就只有奮力反抗了。

這個時候，唯一讓我感到慶幸的是，這些獵屍人還不知道我的厲害，這也成了我能夠翻盤制勝的希望。他們有的是弓箭和石斧，有的還拿著又長又細的鐵棍。如果他們知道我的厲害的話，早就用手裏的武器招呼我，把我活活打死了。

現在，因為他們並不知道我有多厲害，所以，他們很輕鬆地站在地上等待著吃到我這個獵物。我怎麼可能就這樣束手就擒呢？

我一翻身，抽出小腿上的匕首，抬手一揮，割斷了腳腕上的繩子。然後，就在這些獵屍人還沒有反應過來的時候，我已經翻身落地，一腳踹在一個獵屍人的臉上，將他蹬飛了出去。

接著，我原地一個騰挪，又撞翻了一個獵屍人，打開了包圍圈的缺口，奮力衝出了出去，撒腿便向前狂奔。

「快，快，他跑啦，快追啊！」

獵屍人立刻亂成一團，都號叫著向我追過來。

可是，他們又怎麼可能追得上我呢？我一邊狂奔，一邊在心中得意。

其實我根本沒有必要逃跑，要對付這些營養不良的人，對我來說是很輕鬆的事情，但是，我不忍心殘殺同類，所以，我還是選擇逃走。

可是，我沒有想到，我有心放他們一馬，他們卻壓根兒就沒打算放過我。

一陣沉悶的馬蹄聲突然在我身後響起，我回頭一看，赫然發現這些獵屍人居然每個人都騎著一頭腐屍戰馬向我追來。

這些傢伙居然連腐屍戰馬都馴服了，實在是太厲害了！

「不要跑！站住！」這些獵屍人一邊追趕我，一邊大吼。

「嗖嗖嗖——」白骨做成的箭矢帶著破空之聲，從後方飛射而來，有的釘到了我的背包上，有的扎到了樹上。

我心裏不禁一陣憤怒，猛然一個急剎車，凜然轉身，轉身迎著這些獵屍人飛奔過去。

「你們找死！」我大叫一聲，飛躍而起，撲到一個獵屍人身上，一刀就割斷了他的喉管。

「小心了，點子有些硬，大家注意了，都用撓鉤，別讓他近身！」

這個時候，領頭的獵屍人一拉韁繩，圍著我跑了起來，掏出了掛在馬背上的撓鉤，向我身上丟過來，想將我拖倒在地。其他獵屍人也都掏出了撓鉤，紛紛向我甩過來。

我不覺冷笑一聲，根本就沒去管那些從背後襲來的撓鉤，冷冷地瞪著領頭的獵屍人，沉聲說道：「你們根本就不知道，你們現在面對的人是誰！」

塵沙漫天，十幾個獵屍人騎著高大的腐屍戰馬，將我團團圍在當中。

我瞅準領頭的獵屍人，一抬手，抓住了他甩過來的撓鉤，接著用力一拽，直接把他從馬上掀飛下來。接著，我將繩子甩得如同一條游龍一般上下翻飛，無人能擋。

這些獵屍人本來就營養不良，沒有多大力氣。他們甩出的撓鉤被我抓住了，一連砸翻了好幾個獵屍人。

餘下那些還騎在馬上的獵屍人，這才意識到情況的嚴重性，不覺發出了一聲聲怪叫，騎著腐屍戰馬，向著樹林深處奔逃而去。

我這才甩手丟掉繩子，走到躺在地上呻吟著的獵屍人頭領面前，抓住他的頭髮，將他提起來，有些戲謔地問道：「你說你這是何苦呢？現在好了吧？知道我的厲害了吧？」

「嘿嘿，你以為你已經贏了嗎？」我沒有想到，這個獵屍人頭領居然還能笑得出來。

他冷笑著，看著我說道：「實話告訴你吧，這只是開始。我們獵屍聯盟有上千人。你膽敢得罪我們，你就只有死路一條！有種的，你就在這裏等著，我們的人馬上就會過來了。等他們帶了武器過來，我看你還敢囂張不！」

「嗯，他們來了之後，我敢不敢囂張，我不知道。不過，現在我肯定是敢囂張的！」我最討厭別人威脅我了，所以，我對著他的襠部狠狠地踹了一腳。

「唔——」這傢伙立刻雙手捂著褲襠，全身抽搐著蹲了下來。

我踏前一步，一把抓住他的頭髮，又將他提了起來，冷聲說道：「把手放開！」

「唔，大俠，大俠，求求你，我，我錯了，我錯了，我再也不敢了，求求你，饒了我吧，我錯了，我真的錯了。」獵屍人頭領的臉在抽搐，咧嘴求饒道。

「好，那你就乖一點兒。」我把他鬆開，又在他腿上猛踹了一腳，把他的小腿骨踩斷了，這才把他拖到一棵大樹下面，讓他背靠著樹幹坐著。

我則點了一根菸，悠閒地抽了起來，聽著獵屍人頭領的哀號。

「我數三聲，你再不停下來，我讓你另外一條腿也斷掉。」我撣撣菸灰，對獵屍人頭領說道。

聽到我的話，還沒等我數數，獵屍人頭領已經咬牙不出聲了，雙手虛抱著腿，滿臉驚恐地看著我說：「大俠，你，你到底想要做什麼？你是不是想吃我的肉？我求求你，饒了我吧，我的肉又酸又臭，我已經一年多都沒洗澡了，身上都是屍油，真的不好吃。你要吃的話，就吃他們幾個吧，他們的肉比我好吃，而且足夠你吃很久了。」

獵屍人頭領說著，指了指遠處那幾個被我打昏過去的獵屍人。

我不覺皺起了眉頭，瞇眼看著獵屍人頭領問道：「你們不會連同伴的肉都吃吧？」

「這個還用問嗎？同伴的肉也不能浪費啊。」獵屍人頭領很疑惑地看著我問道，「難道你不吃的嗎？」

我心裏不覺一陣惻然，已經可以想像到他們在這裏的生活有多麼艱難了，不覺點點頭，繼續問道：「你們是怎麼來到這裏的？你們還有多少人？是靠什麼活著的？這個世界到底有多大？那些腐屍又是怎麼回事？這些事情你知道嗎？」

獵屍人頭領更疑惑地看著我，問道：「你，你不會是第一天來到這裏吧？」

「不錯，我確實是剛剛來到這裏。你詳細告訴我，這裏到底是怎麼回事，你說了，我就饒了你。」我冷冷地說。

獵屍人頭領舔了舔嘴唇，皺著眉頭，一臉傷感的神情，悠悠地說：

「這裏是一片鬼地。我也不知道自己是怎麼來到這裏的。就是有一天，我醒來之後，突然就發現自己活在這個世界裏了。而且，我的周圍還有很多人。我們發現，這個世界到處都是腐屍，腐屍非常凶猛，見人就咬。我們的同伴一旦被咬了，就算沒有死掉，也很快就會變成腐屍。所以，剛開始的時候，我們人數一直在減少。我們被那些腐屍逼得無路可逃，很多人受不了，乾脆自殺了。後來，我們發現在身上塗抹屍油，再穿上用那些腐屍的皮做成的衣服，就不會再遭到腐屍的攻擊。所以，我們活了下來，而且成了獵屍人。這裏什麼都沒有，我們除了吃屍體，根本就沒有別的東西可以吃。」

我冷笑了一下，抬腳就向獵屍人頭領的斷腿上踩過去。

「大俠！大俠饒命，我什麼都告訴你了，為什麼你還要打我？」獵屍人頭領見到我的舉動，不覺滿臉驚恐地問道。

「哼，我最討厭撒謊的人，所以，這是給你的懲罰！」我說完，毫不猶豫地一腳踩了下去。

「啊！」獵屍人頭領立刻慘叫一聲，抱著斷腿在地上抽搐起來。

「大俠饒命，大俠饒命，我不敢了，我再也不敢了——」獵屍人頭領拼命地討饒，驚恐地向後縮身。

我冷笑道：「說吧，到底是怎麼回事，你們到底是從哪裡來的？」

獵屍人頭領滿臉痛苦，抬眼看著我說道：

「大俠，我什麼都告訴你，只求你不要再折磨我了。我錯了，我知道錯了。」

「少廢話，快點說！」我冷喝一聲。

獵屍人頭領咬咬牙，斷斷續續地說道：「我是，是從泉水裏長出來的。」

「泉水？什麼泉水？」我皺眉問道。

「九陰鬼泉。」獵屍人頭領看了看我，又舔了舔嘴唇：「那個泉水是這個世界的中心。泉水冰涼刺骨，水色烏黑，深不見底。據說那個泉水通往地心的最深處，直通幽冥。我們，我們就是從那個泉水裏長出來的。」

「什麼意思？莫非那個泉水裏面會長出嬰兒來？要是這樣的話，那就是生命之泉，又怎麼會是九陰鬼泉呢？」我疑惑地問道。

「不，不是嬰兒，是成年人。當然，有時候也有孩子和老人，反正不是從嬰兒時期開始長起來的。」獵屍人頭領的心情開始放鬆了，耐心地解釋道：「那個泉水裏長出來的人，根據我們猜測，不是憑空長出來的，而是從另外的世界吸收過來的。」

「什麼意思？」我更加疑惑了。

「那個泉水裏長出來的人，剛開始的時候是一團黑血，然後這團黑血慢慢地長大，最後成為一個完整的人。這些人年齡性別各異，他們活過來之後，每個人都像是剛睡醒一樣，會說話會走路，什麼都知道，但是就是記不起之前的事情。在他們看來，他們是憑空出現在這個世界裏的。」獵屍人頭領咂咂嘴，「這個世界的人類，都是這麼出現的。」

「哦？」我不覺陷入了沉思，很快就想到了一個非常可怕的事情。這個九陰鬼泉和崩血之症一定有著怪異的聯繫。

九陰之泉吸收人類；崩血之症，血氣憑空蒸發，最後只剩一張人皮，甚至連人皮也會漸漸消失。再加上那個「輻射警戒線」，終於，我豁然開朗，明白了事情的來龍去脈！

這個詭異的世界，就是以九陰鬼泉為中心構建起來的。因為九陰鬼泉直通幽冥，終年散發出無窮陰力。這種陰力就是死亡之光，有吸收生命的能力。

一旦有人被這死亡之光輻射到了，就會受到九陰之泉的吸引，開始崩血，軀體會一點點地被轉移到這個世界來，然後重新合併起來，長成一具新的軀體。

這具新的軀體和原來的軀體應該沒有多大的不同，唯一的區別是，所生存的空間發生了變化，而且完全忘卻了之前的記憶。

九陰鬼泉，陰力輻射，生命吸引，空間轉移，這就是崩血之症的根本原因！

沒想到，我這麼快就找到問題的癥結所在了！

我難以抑制心中的興奮，幾乎有些發狂地一把抓住獵屍人頭領的手臂，對他喊道：「那個九陰之泉在哪裡？快帶我去看看！」

「這個——」獵屍人頭領卻有些為難地遲疑起來。

「怎麼？你不願意？」我眼神一冷，盯著他問道。

「不，不是這樣的，大俠，我願意，我只是擔心，擔心你會出事。」獵屍人頭領連忙討好地說道。

「什麼意思？」我站起身問道，「那個九陰鬼泉很危險嗎？」

「不，泉水並不危險，危險的是守衛泉水的人。我們獵屍聯盟的營地，就是以九陰鬼泉為中心的，九陰鬼泉是聯盟重點守衛的地方，我們想要進去不太可能。」獵屍人頭領有些糾結地說。

「哦？這麼說，你們和那個泉水的感情很深嘛。說，這到底是怎麼回事！」覺察到獵屍人頭領的話語裏暗含的意思，我不覺冷哼一聲。

「這個，我，我不能說。」

我沒有想到，到了這個時候，這個傢伙居然敢跟我討價還價。

「你說還是不說？」我冷冷地問。

獵屍人頭領頭上立刻暴起一層冷汗，連忙雙手一抱腿，向後縮了縮，求饒道：

「大俠饒命，我說，我說。」

「快點說！」我沉聲喝道。

「是，是這樣的，那個泉水，泉水，是我們整個聯盟的主要……主要食物來源。」獵屍人頭領說到這裏，驚恐地閉上了眼睛。

我立刻明白了，他們之所以緊挨著泉水建立營地，就是要把泉水裏生長出來的人類作為食物！想到這裏，我的胃裏一陣翻騰，差點吐了出來。

我咬牙冷眼看著獵屍人頭領，問道：「你們一共吃了多少個人？」

「幾千個吧。前幾年，泉水裏長出來的人比較多，最近變少了。所以，我們沒有辦法，就開始獵殺一些比較新鮮的腐屍。」

我厭惡地瞪著他，連罵都懶得罵了。

「大俠，我們自從來到這個世界，就已經不再是人了。我們早就變成鬼了。除了這麼做之外，我們根本就沒有辦法活下來。如果我們餓死了，我們的屍體還會變成腐屍。我們都是被逼成這樣的啊！」獵屍人頭領一把鼻涕一把眼淚地哭了起來。

我心中一陣無奈，知道他說的都是實話，也就不再糾纏這個問題，繼續問道：

「你們的營地在哪裡？帶我過去。」

「好，好的。」獵屍人頭領也豁出去了，他拖著一條殘腿，艱難地站了起來，卻還沒有走出兩步，就一下子歪倒在地上。

「你躺下，我幫你處理一下。」我從樹上折下幾根樹枝，然後幫他接好腿骨，上好夾板，用繩子綁住了，這才說道：「你來指路，我扶著你走。」

獵屍人頭領滿心感激地點了點頭，跟著我一起向前走去，哀求道：「大俠，等下到了地方，你能自己進去嗎？不要帶我一起進去，行嗎？」

「為什麼？」我問道，「難道你不想回到營地？」

「大俠，我現在斷了一條腿，已經失去了行動能力，活著也是白白浪費糧食，所以，他們會趁我變成腐屍之前，把我，把我吃掉的。」獵屍人頭領痛苦地說。

我輕輕地嘆息一聲。這個時候，我已經無心指責他了。

在這個荒蕪的世界中，他們又還能做什麼呢？這裏連陽光都沒有，水也稀缺，他們還能夠活下來，已經太不容易了。站在他們的角度，我只能感嘆他們的頑強，而不能譴責他們的凶殘。

通過一路上的交談，我得知了獵屍人頭領叫柳三梢。當然，這個名字是他到了這個世界之後取的，他本來的名字早已不記得了。

根據柳三梢的介紹，我大概瞭解了這個世界的情況。

這個世界並不大，整塊陸地不過數千平方公里。在這塊陸地的四周，都是岩漿火海，那憑空出現的暗紅色光芒，其實就是來自岩漿火海。

獵屍人聯盟並沒有上千人，他先前只是為了嚇唬我。獵屍聯盟總共不到一百人，而且其中還有二十多個女人，也就是說，獵屍聯盟裏真正有戰鬥力的也就七十來個人。

獵屍聯盟的領頭老大叫林李，是一個黑壯大漢，在獵屍聯盟裏說一不二，為人還算仗義。

除了他們這些負責獵屍的男人之外，獵屍聯盟裏的女人都是為了滿足這些男人的欲望才被留下來的。那些女人都像奴隸一樣，在營地裏幹最苦最累的活，還要隨時滿足男人們發洩肉欲。她們不敢反抗，只有順從那些男人，才會得到食物。而且，如果她們膽敢反抗，很快就會變成所有人的食物。

在這個世界中，不光只有獵屍聯盟這群人。在大陸最西邊的那座大山的頂上，還生活著一群人。那群人依山修建了堡壘，用來抵禦腐屍的侵襲。而且那些人非常聰明，發明了很多東西，甚至還會用電，也會種植瓜果蔬菜和農作物，所以，他們的生存環境比較好。

但是，由於資源稀缺，他們在那邊經營了很多年，也只是擁有一個可以勉強維持生活的溫室大棚。不過，那群人是無論如何也不吃腐屍和人肉的。在那裏，如果有人死了，會被火化。

正因為生存理念不同，所以獵屍聯盟和西山堡壘裏面的人水火不容，平時他們互不干涉，但是一旦起了衝突，都會把對方往死裏打。

除此之外，這塊大陸上還有第三類人。而這類人，只有一個人，而且是一個女人。這個女人獨自居住在最北邊的森林裏。

我不覺疑惑地問道：「那個女人一個人住在森林裏？她難道不怕那些腐屍嗎？」

「她不但不怕，而且那些腐屍還很聽她的話，她是這個世界的主宰，我們獵屍聯盟都不敢惹她。我們就算去獵屍，也不敢去她的地盤。」柳三梢頓了一下，「有一次，我們在她那兒抓了一個腐屍回來，因此得罪了她。結果沒過多久，她就操控很多腐屍圍攻了我們的營地，差點把我們趕盡殺絕。自從那次之後，我們就再也不敢去惹她了。」

「她到底是什麼人？為什麼可以操控那些腐屍？你有沒有見過她的樣子？她一個人生活在森林裏，吃什麼呢？」

「我們也不知道她靠什麼活著，總之，她就是能夠活下來，而且活了很多年。

她在森林裏有一座小木屋，周圍都是腐屍，那些腐屍和她就像朋友一樣。我沒見過她的樣子，沒聽過她說話，她總是蒙著面紗。我們只知道她是個女人。」柳三梢有些艱難地喘了一口氣，「大俠，我們歇歇吧，我實在是走不動了。」

「好。」我扶著柳三梢坐了下來。

就在我一彎腰的當口，一支骨箭帶著尖銳的破空之聲，向我身上飛射過來。我一時沒反應過來，手臂上立刻被結結實實地扎了一個血窟窿。骨箭沒入皮肉兩寸，扎到了骨頭上。

「啊！」我翻身躲到樹後，猛地拔掉了那支骨箭，又抽出了陰魂尺和匕首準備應戰。

「哈哈哈，都給我上！他受傷了，別放跑他！」身後的樹林裏傳來一聲大笑，接著是一陣混亂的叫聲，數十條黑影從不同的方向，向我的藏身之處襲來。

獵屍聯盟的人終於到了！

我冷哼一聲，就地向前滾去，然後爬上一棵大樹，居高臨下看著獵屍聯盟的人，說道：「叫你們的老大出來說話。」

「哼，死到臨頭還這麼裝，我看你是嫌命太長！你知道我們是誰嗎？」一個人抬頭說道。

「叫林李出來！」我冷喝了一聲。

「我就是林李，怎麼？你們這幫西山的人，也敢在我的地盤上撒野嗎？」一個黑壯大漢從人群中走了出來，冷笑著看著我。

「我不是西山堡壘的人，你不要搞錯了。」我盯著林李道，「我剛來到這個世界，我是來救你們的。」

「哦？」林李一愣，接著和四周的人對望了一眼，忽然放聲大笑起來。

「哈哈，你來救我們？哈哈哈，你以為你是神嗎？」林李冷哼一聲，滿臉戲謔地斜眼看著我，說道：「不過，你確實可以救我們一段時間，你的肉也夠吃一段日子的。」

「你錯了。我不是和你們一樣的人。我不是從九陰鬼泉裏長出來的，我是穿過龍捲颶風和電網來到這裏的。你們只要聽我的話，我一定會幫你們找到離開這個世界的方法。」

「哈哈哈！」林李再次大笑起來，瞇眼看著我說：「你是穿過空間壁壘來到這裏的，就很得意了嗎？西山堡壘的人，都是自己穿過空間壁壘來到這裏的，那又怎麼樣？他們自視甚高，以為自己是科學家，天天在那裏搞研究，但是又怎麼樣呢？

還不是一樣沒有任何一個人能活著離開這個世界？哼，你要怎麼幫我們離開這個世界？請問！」

「這個——」我有些犯難了，然而還是堅定地看著他，說道：「你們帶我去九陰鬼泉，我要實地查看一下。按照我的猜測，這個世界的存在，就是因為有九陰鬼泉，我想辦法把九陰鬼泉封住，這個世界就會消失，和外面的世界重新融為一體。」

「哼，你不要癡心妄想了。我們在這裏已經活了很久了，早就認命了。就算你真的可以救我們的神靈，我們也不願意相信你，還是把你烤了吃掉比較實惠。」林李頓了一下，冷冷地看著我說：「況且，誰知道九陰鬼泉封死之後，會不會不但這個世界消失了，就連我們這些在這個世界中的生物也會一起消失呢？所以，你對於我們來說很危險。你和西山堡壘那些人不一樣，你不光是想要離開這個世界，你已經威脅到這個世界的存在，威脅到我們所有人的生命了！所以，你必須——死！」

林李抬起弓箭，瞄準了我，冷笑一聲道：「不好意思了！」

話音落下，林李鬆開弓弦，一支骨矢迎面向我射來。

我知道，不管我怎麼說，這群傢伙都已經鐵了心要吃我了。我隨手一抬匕首，將骨矢撥飛，接著凌空飛躍而下，向獵屍聯盟的人衝過去。

「頭，小心了，點子很厲害，大家不要讓他近身，都用弓箭對付他。散開，快散開！」一個曾經和我戰鬥過的人驚恐地大叫起來。

獵屍聯盟的人迅速向後撤退，四散開來，弓箭不停地向我射擊。

我向前急速一竄，已經追上了一個人，用陰魂尺一點，將他放倒在地，接著一提他的身體，擋住了側面射來的箭矢。然後就地翻滾，又追上了一個人，一匕首戳下，將他捅了個透心涼。

「大家都小心了，弓箭，瞄準了！」這時，林李也意識到了我不好對付，不覺一邊後退一邊大聲呼喝。

「哼，我找的就是你！」我徑直向他衝了過去。

第九十三章

腐屍之王

這就是那些腐屍的王嗎？怎麼看著這麼弱小呢？
她的身高最多也就一米五，身材瘦弱。
她身上披著灰色斗篷，頭上戴著低低的帽兜，
我看不清她的面容，但是，我能感覺到，
那是一個還沒有發育完全的小女孩。

俗話說得好，擒賊先擒王。我只有把林李抓住了，才能控制這群人。

林李不覺臉色大變，知道不是我的對手，虛射一箭之後，撒丫子就向後跑。

「有本事你跑到天邊去！」我冷笑一聲，急速地向林李追去。

生活在這個世界的人，長期得不到陽光照射，他們雖然凶悍，但是，體力和速度都有限。他們恐怖的只是外表和生存方式，而不是實力。又怎麼可能是我的對手呢？

不過幾秒鐘時間，我就已經快要追到林李了。

「哎喲！」林李一邊奔跑一邊回頭看，見到如狼似虎衝過來的我，不覺驚呼一聲，就地一滾，躲到了一棵大樹後面。

我抬腳過去準備把他抓住，卻不料，身後猛然有四五道破空之聲傳來。我連忙就地一滾，也藏到了一棵大樹後，躲過了那些箭矢。

我剛剛背靠著大樹站定下來，又有幾道撓鉤分別從不同方向甩了過來。

「不好！」我不覺心裏一驚，知道他們這是想把我捆到樹上，連忙一矮身，向前翻滾，身前卻猛然出現了一個黑影。

林李從那棵樹後殺了出來，正好迎上了我，重重一腳踹到我身上，一下子把我踢飛了回去。我被他一腳踹得一口氣差點沒能喘過來，落地之後，愣了兩秒鐘都沒能站起來。

就在這時，幾道撓鉤已經甩到了我的身上，尖利的鉤子猛地鉤進了我的肉裏，把我捆了起來。

那些人鉤中我之後，左右用力一拉，我就被拉了起來，卻不能動，越動那些鉤子挖得越深。這時，我空有一身蠻力，也不敢輕舉妄動了。

「哈哈哈哈——」見我被抓住了，林李不覺興奮地大笑起來，走上來一拳打到我的眼睛上，冷聲道：「我讓你再囂張！」

「你們真的不知道我是誰！」我已經不只憤怒了。從我出道以來，還從來沒有吃過這樣的虧。

我一咬牙，怒吼一聲，全身爆發出陰尺氣場，猛地將林李彈飛出去，接著雙手一抬，將左右兩個拉著撓鉤的人拽趴到地上，解除了困境。

我開始去除身上的撓鉤時，數道箭矢再度破空而來。我來不及避開，肩上、背上、腿上被扎了好幾箭。我這才意識到，這些獵屍聯盟的人長期一起獵殺屍體，互相的配合早已非常有默契；他們並不像表面顯現那樣不堪一擊，他們是真的恐怖和凶殘。

這一次，我是真的栽了，太過輕敵了！

「嗖嗖嗖——」箭矢不斷破空而來。他們壓根兒就沒想過給我留下活路！

在我第一次將獵屍人打跑的時候，心裏對他們充滿了鄙夷，認為他們壓根就不是我的對手，卻忘了這裏畢竟是他們的地盤，他們是經歷過生與死的考驗才活下來的恐怖分子。

他們一開始之所以會落敗，不過是因為他們的頭領沒有指揮得當。現在，他們的領頭人換了，戰鬥力也不一樣了。

我幾乎用盡了全身力氣，忍著箭傷劇痛，咬牙猛地向側面飛撲出去，同時撲倒了一名獵屍人，一刀將他的喉管割斷。我瘸著腿，奮力地站了起來，向密林中逃去。

現在我的傷勢挺重，根本沒辦法和獵屍人死拼，而我一直追尋的謎底已經擺在面前了，所以，我絕對不能死，我要去揭開那個驚天的秘密。

「快，他已經重傷了，快跟上，往死裏射！」林李怒吼起來，指揮著獵屍聯盟的人追了上來。

奔跑的當口，我把身上的箭矢基本都拔掉了。傷口在流血，火辣辣的疼，還好不太影響我的奔跑。

我身上最重的一處傷口，是撓鉤造成的，在我的腰部。撓鉤的尖利頭部似乎傷到了內臟，腰肋上一陣陣抽痛。我伸手去摸，一片血色淋漓。

再這樣跑下去，我就算不被他們殺死，也要流血過多死掉了。情急之下，我一咬牙，背靠著一棵大樹停了下來，取下背包，在裏面一陣忙亂地翻找，終於找到了一把手槍！

我長舒了一口氣，一回身，冷冷地望著那些急速追來的獵屍人，瞄準了其中一個，抬手一槍，直接爆頭，將他打翻在地上。

「砰——」一聲震響，一道火線飛出，這一槍把那些獵屍人鎮住了。

他們可能對手槍沒有什麼概念，他們見到我的手槍有些驚愕和疑惑。

「誰再敢踏前一步，我立刻殺了他！」我抬起手槍，指著那些獵屍人冷聲喝道。

「哼，大家不要怕他，他手裏的東西，西山堡壘裏的那些人也有。他這玩意兒只能打六七下，打完就沒有了。大家都給我衝，誰能夠把他抓住，老子分他一條大腿！」又是林李，直接戳破了我的計謀。

我真是對他恨得牙根都癢癢了，不禁抬手一槍向他打過去。不料這傢伙居然相當敏捷，閃躲在一棵大樹後面。

那些獵屍人聽了林李的話，都放鬆了心情，不再懼怕我的手槍，一起呼號著向我衝了過來，箭矢紛飛。

我只能抬手兩槍，放倒兩個人之後，轉身繼續向樹林的深處逃去。

我一路奔逃，跌跌撞撞，無比倉皇。這是我有生以來最狼狽的一次失敗。

這個時候，我才明白了一個非常重要的事情，那就是，人需要戰友和夥伴。這麼久以來，我之所以戰無不勝，其實不是因為我特別厲害，而是因為在我的身後，站著讓我信任、可以給予支持的夥伴。

不管是鬍子、二子，還是泰岳，甚至是剛剛加入隊伍的玄陰子，他們都可以獨當一面，幫我分擔一些壓力。現在，如果不是我一個人，而是二子他們隨便哪一個人跟我在一起的話，我們面對這些營養不良的獵屍人，絕對不會退縮，肯定會揍得他們人仰馬翻。

我又伸手去摸腰間，發現流出來的血有很大一部分都已經凝固了，我這才鬆了一口氣，不覺恢復了自信。

這麼一路奔逃過去，也不知道跑了多久，我進入了一片雜亂茂密的森林。這片森林裏完全沒有路，我只能頂著乾枯堅硬的枝條向前衝。

這時，身後那些獵屍人的叫喊聲漸漸遠去，終於完全聽不見了，我這才深吸了一口氣，扶著一棵大樹，劇烈地喘息起來。

忽然聽到一陣窸窸窣窣的聲音傳來，我抬頭一看，只見茂密的樹叢之中，一雙雙綠瑩瑩的三角眼正在冷冷地盯著我。

我突然意識到一個非常嚴重的狀況。由於和獵屍人大戰，我頭上的假髮套已經掉了，身上的屍衣披風也破爛不堪，大多數頭髮都已經脫落了，只剩下幾道髮絲還披在身上。

而且，最要命的是，我身上的很多傷口都在流血，全身血氣凝重，而這血氣是最能吸引那些腐屍的。現在，我一停下來，那些躲藏在樹林深處的腐屍自然很快就發現了我。

哎，這真是剛出了狼窩又進了虎穴！

我怒氣暴起，一把抽出陽魂尺，全身熱血沸騰，怒吼一聲，就向那些腐屍衝過去。

「呼呼呼——」以我之血，祭我之尺，釋放出強勁的純陽氣場，陽魂尺化為一把烈火巨刃，霸道地四下劈砍而去。

「吼啊——」

「唔呀——」

那些圍住我的腐屍，顯然沒有想到我居然如此凶猛。它們還沒有反應過來，我已經連續出擊，撂倒了十幾具腐屍。其他腐屍一陣陣怪叫，再也不敢向我靠近。

但是，腐屍們並沒有放棄我這塊肥肉的意思。它們站在遠處冷冷地望著我，等著我倒下去。

我大罵一聲，吐出一口血色唾沫，不再理會那些腐屍，提著火紅灼熱的陽魂尺，跌跌撞撞地繼續向前走去。

我都不知道這是在哪裡，我現在急需找到一個安身之所。我心裏想著要到西山堡壘那邊去。在那裏，至少我的生命是安全的。

但是，我越走越無力，嗓子也極度乾渴。我掏出水壺，喝了一口水，卻不想，水一入喉，居然引起了一陣劇烈的疼痛。我全身一抽，雙膝一軟，跪到了地上。

我單手拄著尺，拼命地掙扎著想要站起身來，卻只感覺到一陣麻木感從手臂和雙腿上傳來。由於失血過多，我已經沒有力氣站起來了。

「吼吼吼———」我體力不支，身上的純陽氣場也漸漸退去，那些腐屍都興奮地大叫起來。它們圍到我的身邊，兩眼放光地望著我。

我狠狠地咬咬牙，跪在地上劇烈地喘息著，過了老半天才緩過一口氣來，恢復了一點兒力氣。

我連忙艱難地起身，一手晃著陽魂尺，一手扒拉著雜亂的樹枝，掙扎地向前走去。我一邊走，一邊在心裏回想著姥爺教過我的鎮定心神的方法，漸漸地平復了自己的緊張情緒。

心情鎮定之後，我身體所具有的快速恢復能力又開始發揮作用了，很快就緩解了我的傷勢，讓我感覺舒服多了。

我從背包裏掏出一塊雞肉，撕扯著吃下去。我失血太多，急需補充能量。一大塊雞肉吃完後，我感覺好受了一些。

我找了一個空地，撿了一些樹枝，點起一堆火，把匕首放在火上烤得通紅，然後將刀刃貼到腰部的傷口上。

「吡——」一陣煙飄起，皮肉瞬間被燙熟了，而我也感到一股幾乎無法忍受的劇痛。

「啊——」我慘叫一聲，出了一頭大汗，眼淚都流了下來。我感覺全身的神經都被抽動了，我丟掉匕首，躺倒在地，一點兒力氣都沒有了。

「吼吼——」

「嗚哇——」

那些一直跟著我的腐屍，見我倒下了，都號叫著向我衝來。我側頭看到它們，心裏叫苦連天，只能咬牙再次握著陽魂尺，連滾帶爬地和腐屍們再次混戰。

但是，我已經沒有了先前的力量，陽魂尺根本就沒法爆發出純陽氣場，更沒法變化出烈火巨刃，所以，我沒能將腐屍趕退，而是被它們抓撓得全身血槽道道，肩膀上還被咬了一口。

傷上加傷，我如同困獸一般怒吼著，迴光返照地爆發出最後一波純陽氣場，將那些腐屍擊退了出去，接著歪歪倒倒地來到火堆邊上，面容扭曲地冷眼看著那些腐屍，心裏一陣悲涼。

我在心中憤怒地大吼著。

為什麼就在我距離目標不遠的時候，讓我死在這裏？我不甘心，我實在是不甘心啊！

我緊咬牙關，死死地盯著四周的腐屍，心裏已經做好了拼死一戰的準備。多殺一個算一個，就算我死了，也要撈夠本才行！

腐屍們像狼群獵獅一般，對我展開了車輪大戰。我如何經得起這樣的進攻？我坐在地上，吐出一口口血水。我的內傷太重了，我快撐不住了。

我劇烈地喘息著，絕望地望著那些腐屍，終於長嘆了一口氣，緊緊地攥著陽魂尺，躺倒在地上，緩緩地閉上了眼睛。

我絕望地吸了一口氣，意識漸漸模糊起來，就要昏厥過去了。

就在這時，一陣悠揚的笛聲從不遠處的樹林裏傳了出來。我不覺在心裏一陣自嘲。就是那個笛聲一路將我引到了這裏，但是，我卻辜負了她的希望，最後心有不甘地死在這裏。

聽到笛聲的時候，我知道這意味著什麼，這說明我的意識已經開始混亂了，出現幻覺了。

現在，我甚至連身體的知覺都感覺不到了，不然的話，我為什麼沒有感覺到腐屍對我的撕咬呢？它們不是一直在圍攻我嗎？現在我倒下了，它們應該早就衝上來撕咬我才對啊。所以，那些腐屍肯定已經在撕咬我的身體，我只是感覺不到而已，因為，我已經麻木了。可是，為什麼那個笛聲又那麼清晰真實呢？

我有些驚疑不定地睜開眼睛，看向四周，卻發現那些腐屍竟然真的沒有上來咬我，而是站得遠遠的，朝向笛聲傳來的方向俯首跪了下去，似乎在朝拜它們的王一般。

我明白了，屍王要來了，它們這是要把我當成貢品，獻給它們的老大，讓它們的老大來咬第一口。

一道幽幽的身影，在空地邊上緩緩地出現了。我先是看到了一雙冷若冰霜的紫色眼眸。那雙眼眸，我似曾相識，但是又不知道在哪裡見過。

這就是那些腐屍的王嗎？怎麼看著這麼弱小呢？而且還是一個女屍王。

她的身高最多也就一米五，身材很瘦弱。她身上披著灰色斗篷，頭上戴著低低的帽兜，我看不清她的面容，但是，我能感覺到，那是一個還沒有發育完全的小女孩。

女孩的頭髮只垂到肩膀，髮梢似乎經常修剪，很是齊整，頭髮泛著幽幽的藍光。她緩緩地走出來，瘦削的小手裏輕捏著一支長笛。

她走到我的身邊，靜靜地看著我。我這才看清楚她的面容，是一張娃娃臉，下巴有些尖。她沒有說話，對著旁邊一頭非常高大的屍魁招了招手，把它喚了過來。

她指了指地上的我，然後那個屍魁便把軟綿綿的我拖了起來，背到背上，跟著她一起向森林裏走去。

「你，你最好把我吃了，我，我也算死得其所了，小妹妹。」趴在屍魁的背上，我使出所有的力氣說了一句話。

女孩有些疑惑地回頭看了看我，對我點了點頭，說道：「放心吧。」

我欣慰地笑了一下，再也撐不住了，眼睛一閉，昏睡了過去。

睡夢中，我發現自己處於一片虛空之中，一個幽幽倩影站在我面前，那個倩影有一雙紫色的眼眸。

我猛然想起來，到底是在哪裡見過那個女孩的眼睛了。是的，就是在夢裏。

從小時候開始，每當我深沉睡去，或是將要遇到危險的時候，睡夢之中總是會出現那一雙紫色眼眸。

但是，我絕對想不到，這雙眼睛的主人居然是生活在這個世界的，而且還是屍王！

我從來沒有想過，那個在夢中一直望著我的人，並不是我的朋友，而是要吃掉我的人。難道說，夢裏一直看到那雙眼眸，實際上是命運向我發出的警告嗎？可是，為什麼每次與那雙眼眸對望，我都感覺那麼熱切呢？

我不知道為什麼會這樣。我只知道，對這個清冷的女孩子，我無法產生恨意。

哪怕她真的是腐屍之王，準備把我大卸八塊，一點點吃掉，我對她仍然是滿心憐愛。這種動情，並非是「牡丹花下死，做鬼也風流」的激情，而是一種自我犧牲的欣慰和滿足。反正我現在注定是要死，與其被那些惡臭的腐屍分屍，倒不如被這個女孩吃掉。

昏迷之後，我又見到了那雙紫色的眼眸，這一次，那雙眼眸距離我很近。而且，我還看到了一個身影。

那個身影有些模糊，她正在來回不停走動著，似乎在忙活什麼，不時有輕輕的盆缽相碰的響聲。我的額頭上似乎被蓋上了一條熱毛巾，燙得我很舒服。

我還感覺到，衣服被人脫掉了，有些冷颼颼的，但是，隨即有毛巾在擦拭我的身體，然後又在傷口上敷上了草藥，把傷口包紮了起來，還蓋上了被子。

我的身體得到了悉心護理，頓時感覺一陣舒暢，接著，我的嘴唇被掰開了，一口苦澀的湯藥餵進了我的嘴裏。

我本能地抗拒，緊皺著眉頭，閉上嘴，不想喝藥。一隻冰涼的小手輕輕地摩挲著我的腮幫，似乎是在安撫我，又似乎在哄我喝藥。

我感覺好受多了，心情也鎮定了下來，終於鬆開牙齒，將苦澀的湯藥都喝了下去。然後，我感到胃裏有一股溫熱漸漸擴散開來，如同沐浴在三月溫暖的陽光中一般。我身心舒暢，徹底地墜入無夢的深眠。

當我被一陣饑餓感驚醒，起身之後，才發現我正躺在一間乾淨整潔的小木屋裏，身上蓋著一床用細草編織的粗糙被子，身下墊著乾燥柔軟的草墊子。房間很小，房門關閉著，桌子上點著一盞燈。

我的傷勢剛剛恢復，身體還很虛弱，有些頭重腳輕，四肢發軟。我迷迷糊糊地起身，跌跌撞撞地拉開房門，向外看去，想搞明白我現在到底是在什麼地方。

我愣住了。房門外面是一塊平坦的空地，另一邊有一池清水，池水和空地四周是這個世界特有的那種黑紅色的參天大樹。

空中依舊是那種淡淡的血紅光芒，映照著這個幽靜的林間小屋，將這裏渲染得格外神秘詭異。

「吼吼——」

「呼呼——」

就在我正在貪婪地吸著清新的空氣，感到滿心驚奇的時候，卻赫然發現，無數身材高大的腐屍正縮身在茂密的叢林之中，冷冷地看著我。

我這才驚醒過來，想起了自己目前的處境。我可是被屍王抓回來的，現在正處在危險之中！

我不能在這裏等死！我連忙向外走，準備離開這裏，但是，走出房門之後，一陣陰風襲來，吹得我身上暴起了一層雞皮疙瘩，我這才發現，我身上居然什麼都沒有穿。

看來，那個屍王是準備將我洗乾淨開剁了。但是，有些不對頭啊，她要吃我，怎麼還給我包紮傷口呢？

我滿心疑惑，準備回屋找自己的衣服，一轉頭卻看到在水光悠悠的古樹底下，一個藍髮女孩正蹲在一塊青石上，搓洗著衣服。

女孩也注意到了我，不覺回頭與我對望了一下，接著站起身，向我小跑過來。

「你先進去吧，外面冷。」女孩站在我面前，高度只到我的下巴。她想伸手推我，但是手上還沾著水，就縮手停了下來，有些為難地咬了咬嘴唇，看著我問道：「你，怎麼了？」

我這才尷尬地一笑，連忙向後退，半掩著門，遮住自己的身體，有些疑惑地問女孩道：「你準備什麼時候吃我？」

「嗯？」女孩也疑惑地愣了一下，皺眉道：「沒事的，你放心吧，這裏很安全，沒人會吃你。你的傷勢雖然嚴重，但是恢復能力很好，我已經幫你處理得差不多了。你現在好好休息，等身體好了，我就想辦法送你回西山去。」

「什麼西山？」我有些驚疑地問道。

「西山堡壘啊，你不是那邊的人嗎？」女孩問我。

「不，我不是西山堡壘的人。」我伸頭看著女孩，堅定地說道。

「那你是哪裡的人？我怎麼從來沒見過你？」女孩微微皺起了眉頭。

「我，我是新來的。」我有些遲疑地回了一句，問道：「你又是誰？為什麼那些腐屍都聽你的話？你不是屍王嗎？」

女孩眨了眨眼睛，好奇地看了看我，這才說道：

「我叫冷瞳。我一出生就在這裏了。那些叔叔和阿姨為什麼聽我的話，我也不知道。不過我猜，可能是因為他們和我的爸爸媽媽很熟吧。」

「你還有爸爸媽媽？他們在哪裡？」

「不在了，我也不知道他們在哪裡。」女孩有些失落地說，抬眼看著我，幽幽的藍髮在風裏輕輕飄動，說道：「你還是先休息吧，我幫你洗衣服去，很快就好了，你等我一下。」

「好，謝謝。」面對這個神秘的女孩冷瞳，我真不知道該說什麼好了，也不明白這到底是怎麼回事，只能怔怔地應了一聲。

女孩點了點頭，轉身向池水邊走去，走了幾步又回轉身看著我，聲音清脆地問道：「哥哥，你叫什麼名字？」

「啊，我叫方大同。」我下意識地回答，但是話一出口，我就有些後悔了。真奇怪，我為什麼會把本名告訴她了，而不是告訴她我叫方曉？

「嗯，好的，大同哥哥，你等我一下。你餓了吧？」女孩似乎很久都沒有和人相處過了，所以，忽然有個可以說話的人，她顯得很開心，小臉上滿是愉快的神情，聲音也很甜美。

「哦，是有點餓了，不過沒事，我的背包裏有吃的。」我看了看放在牆角的背包，打開翻查了一下，找出一身換洗衣服，穿了起來。我頓時感覺舒坦多了，行動也自然了起來。

「嗯，好的，哥哥，你先吃點東西吧。」冷瞳跑到水邊，繼續洗衣服。

我倚著小木屋的房門，啃完一隻雞腿，把骨頭扔給那些饑餓的腐屍，這才抬腳向冷瞳走過去。

見到我向她走來，冷瞳的眼中有些驚訝，臉上不自覺地浮起一抹淡淡的羞澀。

「哥哥，你的身體恢復得真快。」小丫頭抬眼看著我，對我微微一笑，低下頭繼續搓洗衣服。

「我來幫你一起洗吧。」我挨著她，在大石頭上坐了下來，拿起一件厚重的上衣洗了起來。

池子裏的水很清涼。我們緊挨著坐在一起，都沒有再說話，各自把手上的衣服洗好，接著一起拿著濕漉漉的衣服，站起身往回走。

冷瞳這時穿著一身黑衣，身形更顯清靈細巧，宛若精靈，特別是加上那一頭幽幽的藍髮，讓她如同是不食人間煙火的天使一般。

「哥哥，你還是休息一下吧，我來就行了。」冷瞳接過我手上的衣服，非常細心地晾到門口的樹枝上，這才有些靦腆地抬手理了理耳邊的亂髮，說道：「好了，我們還是進去吧，外面太冷了，我怕你受不了。」

「嗯。」我點點頭，有些癡迷地看著這個儼然小大人一般的女孩，跟著她一起進了小木屋。

關上房門，我們在桌子旁相對而坐。

「哥哥，你剛才吃的是什麼東西？好像很香啊。」冷瞳似乎聞出了雞腿的味道，不禁有些好奇地問道。

「噢，那是我從外面的世界帶來的食物。」我又從背包裏拿出一根雞腿，遞給她道：「你也嘗嘗吧，很好吃的。」

「這個，我真的可以吃嗎？」冷瞳有些好奇地看著我，滿臉不敢置信的神情。

「為什麼不可以吃？你擔心有毒啊？」我微笑著看著她，用紙巾將雞腿包好，塞到她的手裏：「嘗嘗看。」

冷瞳小心翼翼地輕輕咬了一口，然後瞇著眼輕輕嚼了起來。嚼了幾口，冷瞳停下了，滿眼驚異地怔怔看著我，眼中有一抹亮光，竟然差點流下淚來。

「怎麼了?不好吃嗎?」我有些擔心地問道。

「哇——」被我這麼一問，冷瞳終於忍不住大哭了起來，用手臂緊緊抱著了我，肩頭不停地抽動著。

「對不起，我不知道你不能吃這個，我錯了，是哥哥不好。」我慌忙說道。

「嗚嗚，不，哥哥，不是不能吃，是，是，是太好吃了，我從來沒吃過這麼好吃的東西。」冷瞳抬頭看著我，眼睛紅紅的，小臉梨花帶雨，輕輕抽泣著，一副楚楚動人的模樣。

我這才鬆了一口氣，不覺滿心愛憐地輕輕摸了摸她的頭，說道:「你這樣說，我就放心了。沒事的，你吃吧，哥哥背包裏還有很多，可以讓你吃個飽。」

冷瞳怔怔地點了點頭，接著就伏在桌上，如同一隻小貓咪一般，一邊擦著眼淚，一邊吃著那隻雞腿。

我坐在她的對面，靜靜地看著她，有些疑惑地問她道:「你以前吃的都是什麼東西?你是怎麼活下來的?」

冷瞳抬眼看了看我，小臉一紅，有些不好意思地從桌子底下端出了一個木盆，放到了我的面前。

我看了一眼木盆裏面的東西，不禁皺起了眉頭，一陣反胃。

這時候，我終於知道為什麼我醒來之後，就一直聞到這房間裏有一股腥臭味了。那木盆裏滿是污泥類似河蚌的東西，有的還是活的，正張開殼，吐出灰白色的舌頭。

我仔細觀察這些河蚌，發現與正常世界的河蚌不一樣，它們的個頭很大，而且是橢圓形的，貝殼的顏色略帶橙色，看起來就像是一隻破舊發黃的布鞋。

這些河蚌想必是從屋子前面的池水裏撈出來的，也不知道吃起來是什麼味道，更不知道冷瞳是怎樣食用它們的。

我有些悲憫地看了看冷瞳，心裏有些酸酸的。這些年來，她就是依靠這些河蚌活下來的。這也難怪為什麼她吃到雞腿的時候會淚流滿面了。

我輕輕地把木盆移開，捏了捏她的小手，有些心疼地說道：「放心吧，從今天開始，你就不用吃這些東西了。」

我轉身把背包裏裝著的醬肉雞腿、紅燒牛肉麵、壓縮餅乾等食物，一股腦兒都倒在桌子上。冷瞳有些喜出望外地點了點頭，伸手拿了一袋速食麵，剛要拆開吃，忽然又放回了原處。

我不覺有些好奇地問道：「怎麼了？」

「哥哥，還是你吃吧，你的傷那麼重，需要養身體。」小女孩實在是太善解人意，讓人沒法不喜歡她。

我呵呵一笑道：「沒事的，這些東西很多呢，夠吃好多天的。你放心吃吧。」

「那也不行，這些東西再多，也還是很快就會吃完的，我們要省著點吃才行。」冷瞳站起身，有些扭捏地把木盆塞到了桌子底下，說道：「哥哥，你累了嗎？要不你先休息吧，我不打擾你了。」

「不，我不累。」我看著冷瞳清純明澈的眼睛，心裏開始浮起一絲擔憂。

冷瞳說得沒錯，就算我帶來的食物再多，坐吃山空，還是很快就會吃光的。等到這些食物都吃光了之後，我們要怎麼辦呢？

我不由得有些焦急，想早點見到西山堡壘的那些人，早些弄清楚九陰鬼泉的事情，然後儘快想辦法離開這個世界。如果能夠離開這個世界，我會帶著冷瞳一起走，我不會讓她留在這裏受苦。

我伸手握住了冷瞳冰涼的小手，對她說道：「哥哥剛來到這個世界，對這個世界的情況還不是很瞭解，你留下來陪哥哥說說話吧。」

我相信，冷瞳是不會騙我的。她沒有這個心思。

冷瞳乖巧地點了點頭，在一旁坐了下來，微微低頭，小手捏在一起，輕輕地玩弄著一塊包裝紙，神情顯得有些緊張。可能是太久沒有和人相處過了，她不是很自然。

我愛憐地笑了笑，輕輕地摸摸她的頭，接著問道：「你是怎麼來到這個世界的？」

冷瞳抬眼看著我，說道：「我一出生就在這個世界的。」

我皺眉問道：「你的意思是不是說，你的爸爸媽媽是在這個世界把你生下來的，而不是把你從另外的世界帶過來的，對嗎？」

「這個……」冷瞳有些為難地皺著眉頭，「哥哥，我不太明白你的意思，你說的世界，到底是什麼？」

我這才明白，冷瞳從小在這裏長大，而且是一個人長大，她會說話就已經非常不簡單了，想要她理解其他概念，確實很困難。

我只好改變策略，從最簡單的事情問起。

第九十四章

千年等一回

冷瞳怔怔地問道：「哥哥，我們也是千年等一回嗎？」
我想，冷瞳並不真正理解「千年等一回」的涵義，
也正因為如此，她才會這麼說。
她清純明澈，猶如一塊純淨的水晶，晶瑩剔透，不含任何雜質。

「你一直都住在這裏嗎？」我問道。

「嗯，我一直都住在這裏，一開始爸爸媽媽也在這裏住著，後來，他們說要出去忙點事情，讓我留下來看家，然後他們就再也沒有回來過。我也不知道他們到哪裡去了。」

我繼續引導她道：「那你的爸爸媽媽離開的時候，有沒有說過，他們要去忙什麼事情？」

「他們好像是去西山堡壘找那些叔叔阿姨，因為，他們每隔一段時間，都會去西山堡壘一趟。可是，後來我去西山堡壘問那些叔叔阿姨，他們卻說，那次爸爸媽媽並沒有去找他們。後來，有一個頭髮很白的老爺爺看到我，還流著眼淚，讓我留在那邊和他們一起生活。但是，我回來了，我要等我的爸爸媽媽，我相信他們一定會回來的。」冷瞳有些傷感地說。

我心裏隱約意識到了一個非常嚴重的問題，不覺問道：「你的爸爸媽媽是不是和你一樣，也可以操控那些腐屍？」

冷瞳搖了搖頭說：「不能的，爸爸媽媽說外面的那些腐——屍，都是我的叔叔阿姨，讓我不要害怕它們，但是爸爸媽媽不能操控它們，只有我可以。那些叔叔阿姨只是不會咬爸爸媽媽而已。」

我的心裏已經明白了，如果沒有猜錯，情況應該是，冷瞳的父母在那次前往西山堡壘的途中遇難了。按照冷瞳的說法，那些腐屍並不會攻擊她的父母，所以，謀害她父母的人，只能是獵屍聯盟！

想到這裏，我不禁緊緊地攥起了拳頭，心情凝重地深吸了一口氣，才看著冷瞳說道：「你放心吧，哥哥一定會幫你報仇的。」

「哥哥，你要幫我報什麼仇啊？」冷瞳有些不解地問道，她到現在為止，都還不知道她的父母已經永遠都回不來了。

我輕輕地握住冷瞳的小手，用力地捏了捏，說道：「這麼多年來，你就是一直一個人住在這裏嗎？和那些腐屍為伍？」

「嗯，哥哥，你為什麼叫那些叔叔阿姨腐屍？腐屍是什麼？」冷瞳疑惑地問我。

我想，冷瞳對正常的世界一無所知，所以，得從最基礎的情況說明給她聽。我把天地人神鬼這些概念大概解釋完，才告訴她什麼叫做腐屍。

冷瞳驚愕地看著我，愣了半天，才怔怔地問道：

「也就是說，外面的那些叔叔阿姨，其實都已經死了？他們都是屍體，之所以能夠活動，是因為他們的陰魂還在，對嗎？」

「差不多吧。」我心情凝重地點頭道。

「那他們還會活過來嗎？」冷瞳期待地問道。

「不能。」我搖了搖頭。

「那，爸爸媽媽會不會也變成腐屍了？」冷瞳大睜著眼睛問道。

我不知道該如何回答，我看著她，有些動情地輕聲道：「你的爸爸媽媽一定不會變成腐屍的。」

冷瞳又追問道：「那他們什麼時候回來？」

「這個，我也不知道。」我心裏一陣酸澀，不忍心再繼續欺騙她，連忙岔開話題道：「對了，你在這裏，難道一直就是吃那些河蚌嗎？」

「對啊，哥哥，你不喜歡吃嗎？」

「我不知道怎麼吃，你教教我吧，你是怎麼吃那些河蚌的？」我故意裝出滿臉好奇的樣子。

冷瞳有些小小得意地笑了一下，從凳子上滑下來，把桌下的木盆端了上來，對我說道：「這個很好做啊，我把它們捉上來之後，放上一兩天，讓它們把肚子裏的泥水都吐乾淨了，再把它們洗一下，就可以下鍋煮了。」

我這才注意到，在屋子的角落裏有一個小灶台。灶台是用泥土壘起來的，上面的鍋是一口很破舊的鋁製蒸鍋，已經烏黑了。

「這個方法，也是爸爸媽媽教我的。」冷瞳將手放到木盆裏，開始清洗那些河蚌，眨眼問我道：「哥哥，你要不要嘗一嘗？我可以煮給你吃。」

我連忙點點頭道：「那就麻煩你嘍。」

「沒關係，我很喜歡吃呢。」冷瞳很開心地忙活著，向我介紹道：「這次我先做帶殼的河蚌，下一次，我給你煮河蚌湯。」

「哦，還可以煮湯的嗎？」

「是啊，我告訴你哦，這是我自己發明的做法。要用石頭先把它們的殼砸碎，再用小刀把肉割下來，只把河蚌肉放到鍋裏煮，那湯就可以喝了，不會有淤泥的味道。」冷瞳說著，很熟練地洗淨了四五隻巴掌大的河蚌，然後把河蚌放到鋁鍋裏，往裏面加了水，點著柴火燒了起來。

「劈劈啪啪——」木柴在灶膛裏炸響，火光昏黃，照著小丫頭的臉蛋。小丫頭一邊燒火，一邊回頭對我微笑，顯然滿心歡喜。

我走過去，挨著她在地上坐下來，一邊幫她掰樹枝，一邊問道：「你一個人在這裏生活，不害怕嗎？」

「不怕啊。」冷瞳笑道，「外面有很多叔叔阿姨陪著我啊。」

「那你一個人不寂寞嗎？」我又問道。

冷瞳愣了，非常好奇地問道：「寂寞是什麼？」

「啊？」我有些語結了，支吾了半天，才說道：「就是老是一個人，不好玩，想說話也沒人聽，就感覺很無聊，不知道做什麼好。」

「噢，我可以和叔叔阿姨說話啊，他們都很愛護我，就是他們不會說話。所以，有時候我是有點無聊。無聊的時候，我就吹笛子或者睡覺，再或者，我就去池子裏抓河蚌，反正有事情做。」冷瞳抬起小手擦擦額頭的汗，微笑地說。

「對了，我第一次見到你的時候，你就是在吹笛子，你的笛子呢？」我不覺問道。

「在那裏呢。」冷瞳抬手指了指牆上掛著的竹管長笛。

我發現長笛是紫竹做成的，不像是這個世界的東西，不禁有些疑惑地問道：「這笛子是哪裡來的？是誰教會你吹笛子的？」

「笛子是媽媽留給我的，也是媽媽教我吹笛子的。媽媽說，這笛子是她最好的朋友送給她的，她本來也不會吹，但是來到這個世界之後，跟著她的朋友學著吹，就學會了。我聽媽媽說，後來她的朋友離開了，就把這個笛子留給她了。她經常拿出來吹給我和爸爸聽，後來我也學會了。」冷瞳走過去把笛子拿下來，往嘴邊一橫，悠揚動人的笛音隨即響起。

「哥哥，我們先吃東西吧，吃完了我吹給你聽，好嗎？」

我點了點頭，又問道：「那你是怎麼抓河蚌的？」

「嗯，就是游到池子裏去，然後沉到水底下，到淤泥裏摸，就可以把河蚌抓上來了。」冷瞳很輕鬆地說。

我微微一愣，根據我的觀察，那眼池水應該很深的，不下四五米。這樣的深度，要潛到水底下去摸河蚌，對於一個女孩來說是非常困難的，而且，那水的溫度在零度左右，在這麼冷冽的深水裏抓東西，實在是不敢想像。

我不禁佩服冷瞳的堅強，又愛憐地輕輕握著她的小手道：「這些年，你一定過得很苦吧。」

「不苦啊。」冷瞳有些疑惑地看著我說，「哥哥，你為什麼這麼說呢？」

「沒，沒什麼。」我不覺有些悵然。是的，正因為生來就處於這樣一種環境，所以，女孩壓根兒就沒有比較，她活得很知足。

說話間，鋁鍋裏開始咕嘟嘟冒白沫了，河蚌煮好了。冷瞳俐落地把鍋蓋掀開，從旁邊的小木櫃子裏拿出碗筷，把河蚌撈到碗裏，滿心期待地遞到我面前，微笑道：「哥哥，你嘗嘗看，可能不太好吃。」

「不，你做的，肯定很好吃，」我接過河蚌，走到桌邊坐下來，捏著滾燙的河蚌殼掰開，用筷子撕扯下一小塊肉來，放到嘴裏嚼了嚼。真的是難以忍受的味道，而且，因為沒有放鹽，肉很腥。

「哥哥，怎麼樣，好吃嗎？」冷瞳看著我嚼著河蚌肉，非常期待地問道。

「你每天都是吃這些嗎？」我反問道。

「嗯，這裏沒有別的東西吃，只有這個。」冷瞳有些靦腆地說道，她好像也看出來我不太喜歡吃河蚌肉了，神情有些黯然。

我放下筷子，輕輕拉著她的手，不知道為什麼，眼睛居然濕濕的。

「很，很好吃。」我看著她，堅定地說道。

「真的嗎？」冷瞳驚訝又有些高興地問道。

「嗯，而且，我還可以讓它變得更加好吃。」我拿起一袋速食麵，把裏面的佐料包取出來，倒在碗裏攪拌了一下，又夾了一小塊河蚌肉，遞到冷瞳的嘴邊道：「你嘗嘗看。」

冷瞳很好奇地細細嚼了起來，接著滿臉興奮地抓著我的手臂說：「哥哥，真好吃，這是什麼，這是什麼？」

我微微一笑，開始給她介紹桌上的那堆食物。

小丫頭有些癡迷地看著我，說道：

「沒想到作料還有這麼多內容，以前，媽媽只告訴我，鹽是必須要吃的，不然就會長白頭髮。爸爸媽媽走的時候，給我留下了一小包鹽，但是後來吃完了，就再也沒有了。我以為我會長白頭髮的，沒想到卻長出了藍色的頭髮。」

「藍頭髮很好看，我很喜歡。」我輕撫她的藍髮說道。

「真的嗎？」冷瞳歡喜地坐下來，也端了一隻碗，和我一起吃。

吃東西的當口，冷瞳不時抬眼向我看來，臉上的神情有些奇怪，似乎有什麼話要和我說。

「怎麼了？小瞳？」我一順口就把她叫成了「小瞳」，這話一出口，我就覺得有些不對勁，因為，我的妹妹也叫「小瞳」。

「沒，沒什麼，哥哥。」冷瞳眼神有些躲閃地低下頭，繼續吃東西。

我淡笑了一下，問道：「你的名字是誰取的？為什麼叫冷瞳？」

「我媽媽取的，本來我不叫這個名字的，叫周小芸，後來因為我的身體一直非常冷，他們就叫我小冷。再後來，媽媽說我們學笛子，要有個藝名比較好，就給我取了個藝名叫冷瞳。平時他們都是叫我小冷或者小芸的，哥哥，你也可以這麼叫我。」

我可以想像得到，冷瞳的母親在這個世界居住的時候，是多麼寂寞和無聊。對於她們母女來說，吹笛子算是非常難得的消遣了。不過，冷瞳，或者小冷，實在是有些涼颼颼的，所以，我就對她說，我要叫她「小芸」。

冷瞳很開心地點了點頭，接著眨眨眼睛，看了看我，再次欲言又止。

「小芸，你有什麼話儘管說，我們是朋友，沒有什麼話不能說的。」我微笑道。

冷瞳點了點頭，有些擔憂地問道：「哥哥，你傷好了之後，是不是就要走了？」

我不覺一愣，接著淡笑道：「不是的，我不走，我要去西山堡壘，和裏面的人見面，問他們一些事情。到時候，你可以和我一起去的。」

「哦，那就是說，你去了之後，還會回來的，對嗎？」冷瞳迫切地問道。

「嗯，當然會回來，難不成我還要住在那裏嗎？再說了，就算我要住，人家也不一定留我啊。」我訕笑道。

「那也就是說，哥哥，你不會離開這裏，會一直陪著小芸的，對嗎？」冷瞳眨眨眼睛問道。

我又愣了，皺起了眉頭，一時間不知道該如何回答她的話。說實話，我還真沒想過要一直留在這裏陪著她，我所想的，只有想辦法離開這個恐怖的世界。

但是，如果我真的可以離開這個世界的話，我會把她帶上，因為她對我有救命之恩，更何況，她那麼單純善良。讓她過上正常人的生活，這是對她最好的回報。可是，我不知道自己能不能做到這一點。

現在，我自己都不知道要怎樣才能離開這個世界，我又如何把她帶走呢？不過，我可以確信的一點是，我對這裏還是蠻喜歡的，所以，在我能夠離開這個世界之前，我很願意住在她這裏。

想到這裏，我對冷瞳點了點頭道：「你放心吧，哥哥不會丟下你的。」

「哥哥，你真好！」冷瞳甜甜地笑了一下，推開碗筷道：「哥哥，我吃飽啦，你繼續吃吧，我吹笛子給你聽。」

「嗯，好。」我微笑著點點頭。

冷瞳從牆上摘下笛子，坐在床邊，悠悠地吹了起來。清涼明澈的笛音緩緩流出，如同潺潺的山澗泉水一般，滌蕩著我的心靈。我不明白，到底是因為笛子特殊，使得那曲子如此清靈，還是冷瞳與眾不同。

冷瞳一邊吹著笛子，一邊抬眼看著我，她的眼睛微微瞇成一條線。這時，她整個人都有一種深秋落霜的冷寂感覺。這時，我開始覺得，冷這個字，才是最適合她的。

我倚靠在桌邊，一臉迷醉地靜靜看著她，真有一種恍如隔世的感覺。在九陰鬼域的詭異森林中，清靈的藍髮女孩為我吹奏起清涼的笛音，我感到現在很幸福。

一曲完畢，冷瞳有些靦腆地看著我，紫眸閃閃，問道：「哥哥，我是不是吹得不好？」

「不，很好，非常好，這是我聽過最動聽的聲音。」我情不自禁地讚嘆著，不覺拉住她的小手，她的手的確是一片冰涼，我問道：「你的身體一直都是這麼冷嗎？」

「嗯，不信你摸摸看，他們也是因為這個原因才叫我小冷的。」女孩很單純，完全沒有男女避嫌的意識，拉著我的手，就按到了她的胸口。

我的手先是感到一片有些濕意的冰涼，冷瞳胸前的衣服在洗衣服的時候弄濕了，現在還沒有乾透。接著，我隔著薄薄的衣衫，摸到了那團有彈性的隆起。

我下意識地縮回了手，冷瞳見到我的動作，以為我被她的冰涼嚇到了，有些歉意地說道：「哥哥，你是不是不喜歡我這個樣子？」

「為什麼這麼說？」我好奇地問道。

「我的身體很涼，爸媽說，正常人的身體都是溫暖的，他們的身體確實是很溫暖的，而且，哥哥你的身體也很溫暖。所以，我是不是不正常？」冷瞳疑惑地問道。

「沒有，你很正常，每個人的體質都不一樣。」我想將她的小手捂熱，卻不想冷瞳的小臉上浮起一抹緋紅，微微張著小嘴，嚶聲道：「哥哥，你的手好燙，我喘不過氣。」

「啊？」我驚愕地鬆開了手，「你真的感覺喘不過氣？到底是什麼感覺，你和我說說。」

「就是，哥哥你捂著我的手的時候，我感覺像是有一團火從手上開始燒，一直燒到我心裏，讓我覺得很熱。」冷瞳說道。

我心裏暗嘆這個事情可真是奇了。沒想到冷瞳不但全身冰涼，而且體溫還沒法升高，這樣看來，她是天生的陰冷之體，不能和太熱的東西接觸。

我訕笑地安慰她道：「是哥哥不好。」

「哥哥，你也會吹笛子嗎？」冷瞳眨眼問道。

「我只會一點點，可是沒有你吹得好。」我含笑道。

冷瞳歡喜地將笛子遞給我道：「哥哥，那你吹一首曲子給我聽吧，我去洗碗。」

我跟著她走出了房門，坐在小木屋旁邊倒伏的一棵大樹上，一邊看著冷瞳忙活，一邊吹起了笛子。

不過，我學笛子的時間很短，而且音感不好，只好將自己當年費了好大的力氣才學會的一首《千年等一回》吹了出來。

冷瞳洗碗的當口，一直不停地回頭看我，滿臉沉醉地聽著我的笛音。

洗完了碗，冷瞳走到我身邊，挨著我坐了下來，滿眼迷醉地看著我，問道：「哥哥，這是什麼曲子，真好聽，可以教我嗎？」

我微微一笑，點頭道：「當然好。這曲子是《新白娘子傳奇》的主題曲，叫做《千年等一回》。」

冷瞳怔怔地看著我，愣了半天才問道：「什麼叫做白娘子，什麼等一回？」

我又大概地給她講解了電視機、電視劇、《白蛇傳》，然後開始教她這首曲子。

「這曲子有歌詞的，你聽我給你唱一遍。」

「嗯，好，哥哥，你快唱。」

「千年等一回，等一回哦——」

「千年等一回，我無悔啊——！」

「是誰在耳邊，說，愛我永不變，只為這一句啊，斷腸也無怨——」

五音不全的我，不知道為什麼，能把這首歌唱得如此斷腸纏綿，我唱得很動情，很專注。

冷瞳靜靜地聽著，好半天才輕聲道：「哥哥，這首歌講的是什麼？我聽不懂。」

正在陶醉的我，聽到冷瞳的話，瞬間內傷，好半天才緩過氣來說道：「要聽懂這首歌，你得先聽一個故事，然後你就會明白這首歌是在唱什麼了。」

「嗯，我最喜歡聽故事了，哥哥，你講給我聽好嗎？」冷瞳滿心期待。

我微微一笑，給她講了起來：

「在很久很久以前，有一個非常善良的男孩子，他小時候在山裏救了一條小白蛇。過了一千年之後，那條白蛇修煉成了一位天仙一般的美女，然後下山報恩。白蛇找到了轉世之後的男孩，當了他的太太。那個男孩叫做許仙，而那條白蛇叫白素貞，大家都叫她白娘子。兩人非常恩愛，夫妻兩人一起開藥鋪子，濟世救人。但是，好景不長，一個叫法海的老和尚出現了，他把白娘子抓走了……」

冷瞳緊緊地挨著我，輕輕地抱著我的手臂，非常認真地聽著。

「最後，白娘子被法海壓在了金山寺下面，但是，她給許仙留下了一個孩子，名字叫許士林。」我低頭看了看冷瞳，這才發現她正用小手擦拭著眼角的淚水。

「哥哥，那個老和尚為什麼要把白娘子抓起來呢？」冷瞳吸了一下鼻子問道。

我愣了一下，說道：「這就是天道，天道不允許人和妖在一起。」

「可是，白娘子沒有害人啊，她那麼善良，那麼美麗，為什麼就不讓她和許仙在一起呢？」冷瞳追問道。

「這個，我不知道，或許，他們的緣分注定就是這個樣子吧。」我感嘆地說。

「千年等一回，千年等一回。」冷瞳輕輕地念著，接過笛子，《千年等一回》的曲音就徐徐吹出。我怔怔地看著她，不禁為她的靈性折服。

「千年等一回，哎，許仙和白娘子最後好慘。」一曲結束，冷瞳輕輕摩挲著笛子，有些傷感地說。

「呵呵，別傷感了，那只是傳說，是說故事的人瞎編出來的。」我安慰道。

「可是，我怎麼覺得，這些事情都是真的呢？」冷瞳扭頭看著我，怔怔地問道：「哥哥，我們也是千年等一回嗎？」

我愣愣地看著冷瞳淡紫色水汪汪的眼眸。我想，冷瞳並不真正理解「千年等一回」的涵義，也正因為如此，她才會這麼說。她清純明澈，猶如一塊純淨的水晶，晶瑩剔透，不含任何雜質。

我知道，冷瞳心中沒有什麼「愛情」、「男女之歡」的概念。對於她這句話，我不應該從男女情感的角度去理解，那樣就是玷污冷瞳的純淨了。

「小冷，我們不是千年等一回，因為，哥哥不是許仙，你也不是蛇精，但是，我們的相遇，卻是非常神奇的緣分。」我看著冷瞳的眼眸，輕輕捏了捏她嬌嫩的腮幫子：「哥哥一生之中，最神奇的事情，就是遇到你。」

「那，哥哥，我們會結為夫妻嗎？」

「呵呵，小冷，你知道夫妻是什麼意思嗎？」我含笑問道。

「不知道，可是，爸爸媽媽就是夫妻，許仙和白娘子也是夫妻。所以，我猜，夫妻就是一男一女生活在一起，然後可以生小孩。」冷瞳很天真地說。

「呵呵，你這麼喜歡和哥哥在一起嗎？」我有些受寵若驚地問道。

「嗯，哥哥，我很喜歡你。」冷瞳輕輕抱著我的手臂，嘴角上揚，瞇眼看著我，滿心歡喜地說：「從來沒人這麼陪我說過話，所以，我最喜歡哥哥。」

「哦。」我不禁逗她道，「那要是再來一個哥哥，比我更好看，更疼你，你還會像現在這樣喜歡我嗎？」

「啊？還會有哥哥過來嗎？」冷瞳欣喜地看著我，眨眨眼問道：「那他什麼時候過來？我喜歡熱鬧，人越多越開心，如果他來了，我們就三個人一起玩，那樣最好啦。」

我釋然了，也更加喜愛她的單純可愛，我想，這個世界上，應該沒有人比她更純淨了。我和她待在一起的時候，心情很輕鬆愉快，再也不用鉤心鬥角，也不用陰謀詭計。因為她，我重新成了一個單純的人。

不知不覺，我在冷瞳的小木屋裏已經住了快半個月。我的傷勢已經完全好了，身體又壯得像一頭牛了。

九陰鬼域裏光線暗淡，沒有日月，時間概念變得淡薄，但是我們嚴格恪守作息時間，每天活動十個小時，然後就休息。睡覺的時候，冷瞳睡在小木床上，我則睡在地板上。

每天睡醒之後，我們先去池水邊洗漱，然後跑跑步，做做運動，再回來吃早餐。這段日子，我帶來的那些食物讓冷瞳吃得很飽，她明顯胖了一些，小臉有些嬰兒肥，也更加嬌艷可愛了。

吃晚飯之後，我們就坐在小木屋前的大樹幹上，或是吹笛子，或是打打鬧鬧，或是講故事。這段時間，我把能夠告訴她的事情都說給她聽了。

冷瞳對於我所說的那個現實世界充滿了好奇，她說，如果可以的話，她真的想去那個世界看一看。我不失時機地引導她，說將來一定會帶她一起走。

身體恢復之後，我就和冷瞳商量去西山堡壘的事情。

說實話，按照我的情況，其實早就可以動身前往西山堡壘的，我之所以在冷瞳的小木屋子住了這麼久，是因為我捨不得這種幸福的感覺，捨不得冷瞳，也捨不得打破這種平靜。我甚至想著，或許一輩子都在這裏度過，也沒有什麼不好的。

但是，人總會厭煩的，而且，我確實有一些必須要做的事情，所以，我不得不和冷瞳提出這個事情了。

冷瞳聽到我的話，沒有說什麼，但是我從她的眼神裏看了出來，她並不開心，甚至是非常傷心。很顯然，她以為我是要離開她了。

「我帶你去。」冷瞳怔怔地默立良久之後，才低聲說道。

「嗯。」我回身收拾背包和裝備。

大約過了十來分鐘，我收拾完畢了，回頭看冷瞳，才發現她依舊怔怔地坐在凳子上，一動不動地看著我。

「怎麼了？」我看著小丫頭的委屈眼神，不覺笑問道。

「我還能做什麼呢？你的事情，我也幫不上什麼忙。」冷瞳很堅強地乾笑一下。

「收拾你自己的東西啊，衣服、笛子、路上要吃的東西，還有你喜歡的小玩意兒，你都收拾好了嗎？」我問道。

「我為什麼要收拾這些東西？」冷瞳滿臉疑惑。

「難道你還要回到這裏來嗎？」我走到她面前，看著她的眼睛問道。

「那我要到哪裡去？」冷瞳更加疑惑地問。

「跟我走啊，難道你不願意嗎？」我皺眉問道。

「我——」冷瞳張了張小嘴，遲疑了一下，輕輕地搖了搖頭，側臉看著桌上的燈，慢慢說道：「哥哥，我不是，不願意，我只是害怕。」

「嗯，怕什麼？」我在她面前坐了下來，非常耐心地問道。

冷瞳抬眼看著我問道：「哥哥，你要帶我去哪裡？」

「我也不知道，總之，我走到哪裡，你就跟我到哪裡，你願意嗎？」我有些自負地說。

「不，哥哥，在這個世界，沒有別的地方比這裏更好了。這裏是我的家，也是我最喜歡的地方。哥哥，我不想離開這裏。」冷瞳說道，「哥哥，我知道你有事情要去做，我不耽誤你。可是，我不能離開這裏。不過，哥哥，只要你願意，不管你什麼時候回來，小冷都會等著你的。因為，哥哥是小冷最喜歡的人。」

我的心情有些複雜。的確，這棟小木屋確實是這個九陰鬼域之中最美好、最幸福的地方，而且，她從小就生活在這裏，要她離開這裏去面對前途未卜的險途，她肯定是會害怕的。

我看著冷瞳，對她有了新的認識，這個女孩原來是這麼有主見的。我原本以為，給她講了外面世界的精彩，就可以讓她死心塌地跟著我到處闖蕩的。現在，我才發現，我錯了。

冷瞳並不是一般的女孩，她雖然很單純，但是，這麼多年來，她獨自一人與腐屍為鄰，是很頑強剛毅的。我只是一個外人，一個匆匆過客，我太把自己當回事了，也太把冷瞳當成小孩子了。

「那麼，你不打算和哥哥一起去現實世界嗎？」我嘆了一口氣問道。

冷瞳搖了搖頭，堅定地說：「我要在這裏等爸爸媽媽回來。」

「你的爸爸媽媽已經——」我差點脫口而出，想告訴她那個事實，但是隨即又打住了。我覺得這樣太殘忍了，又嘆了一口氣說：「難道你要一輩子都生活在這個地方嗎？」

「嗯，我覺得這裏沒有什麼不好。」冷瞳抬眼看著我，「哥哥，難道你不喜歡這裏嗎？」

「不，我喜歡這裏，可是，我不屬於這裏，我也沒辦法。」我無奈地說。

「哥哥，你說得對，你不屬於這裏，可是，冷瞳也不屬於現實世界啊。所以，我也沒有辦法。」小ㄚ頭也是一臉無奈地嘆了一口氣。

我很心疼她，不禁握著她的手，問道：「那麼，你不喜歡和哥哥在一起嗎？」

「喜歡。」冷瞳眨眼看著我，「那麼，哥哥，你喜歡和冷瞳在一起嗎？」

「喜歡。」我點了點頭。

「我聽媽媽說，」冷瞳悠悠地說，「如果一個男人真的喜歡一個女人，就會為她犧牲一切。哥哥，你是真心喜歡我嗎？你要去做的事情真的很重要嗎？你如果真的喜歡我，為什麼不留下來陪我呢？我們一起在這裏生活，不是很好嗎？你看，沒有人打擾我們，我們為什麼要離開呢？」

「你媽媽真有智慧。」我感嘆道。

「媽媽還說，爸爸就是因為真心愛她，所以才跟著她來到這裏的。爸爸也說，他並不後悔來到這裏，他覺得，只要能夠和媽媽在一起，就很開心了。所以，媽媽說，真心喜歡我的男人，肯定願意留下來陪我，不會離開我的。她還說，如果那個男人不是真心愛我，就讓我不要上當受騙，不要跟著他，不然，我會後悔一輩子的。哥哥，我不想後悔，我喜歡你，可是，你真的喜歡我嗎？」

話說到這個分上，我已經無言以對了。說實話，我真的很喜歡冷瞳，但是，這畢竟還不是愛情。我對冷瞳的感覺雖然特別，可是，從內心深處卻是把她當成妹妹看待的，沒有對她有過非分的想法，而且，我是不能親近女色的。

但是，冷瞳剛才的話讓我明白了，這個女孩並不傻，她雖然不理解愛情到底是什麼，但是，她卻清楚地知道，如果她要跟著一個男人離開這裏，那個男人定然要能讓她託付終身。冷瞳其實是在考驗我，她想知道，她在我心裏到底處於什麼樣的位置。

「小冷，你知道愛情是什麼嗎？」我只能無力地問出一個問題。

冷瞳明顯有些心虛地眨了眨眼睛，沒敢回答。

我不覺心裏一喜，忽然感覺可能還有希望，繼續追問道：「那你知道男女兩人相愛，意味著什麼嗎？」

「你知道夫妻在一起要做些什麼嗎？」

「你知道小孩是怎麼生出來的嗎？」

「你知道你自己是從哪裡來的嗎？」

一連串的問題轟炸，冷瞳徹底無語了，她確實不明白這些事情，無從回答。

就在我以為她會因為這些問題而迷惑和動搖的時候，冷瞳卻再次說出了讓我意外的話：「哥哥，你不用哄我，我明白你的心思。」

「我什麼心思？」我愣了。

「你是可憐我，覺得我在這裏過得不好，想要哄我出去。」冷瞳非常認真地說。

「我……」愣了好半天，我才嘆了一口氣道：「就算是這樣，那有什麼不好嗎？外面的世界很精彩，你就不想出去看看嗎？」

「不想。」冷瞳搖了搖頭，「我害怕。」

「為什麼害怕？」我疑惑地問道。

「我也不知道。總之，哥哥，如果我和你一起出去，那麼你就是我唯一的依靠，如果你離開我，我就會害怕，我不知道該怎麼辦。」冷瞳的頭腦非常清醒，她似乎認定了那個道理，她只能和真心愛她、願意保護她一輩子的人走。

我徹底無奈了，我真想告訴她，就算不能當夫妻，我也會保護她一輩子的，我還想告訴她，到了外面，會有很多人來愛她，但是，我一句話都沒有說，我知道，我根本就無法說服她。她雖然單純，但是絕對堅定。

「那好吧，我們出發吧。」

「嗯，我叫兩匹大馬過來。」冷瞳走到門外，用她的笛音召喚來了兩匹腐屍戰馬。

我們一起上馬，朝西山堡壘的方向飛奔而去。

一路上，我們都沒有說話。我是因為不知道要說什麼，而冷瞳卻是因為傷心。過了幾個小時，我們來到西山腳下。我抬頭向上看去，山峰背面的山腰位置有一座黑色堡壘，裏面亮著燈。我們下了馬，開始徒步上山。

我問道：「你在小木屋裏等了爸爸媽媽這麼久，一直都沒有等到他們，那麼，為什麼不來這裏，和堡壘裏的叔叔阿姨住在一起呢？他們這裏不是有食物嗎？」

冷瞳淡笑道：「那些叔叔阿姨，有的喜歡我，有的卻害怕我，我不想讓他們為難，所以就沒有來。」

「他們為什麼害怕你？」我好奇地問道。

冷瞳有些為難地笑了一下，沒有回答。見到冷瞳這個樣子，不知道為什麼，我心裏忽然一陣抽痛，覺得我們之間似乎出現了一層隔膜，把我們分開了。從這一刻起，我們之前那種親密無間的感覺消失了，變成普通朋友的關係了。

我對於這種改變無法接受，有些傷感。我一把拉起冷瞳的小手，牽著她悶頭走著。冷瞳也沒有說話，但是小手卻冒出了津津的汗水。

我知道，她並不喜歡熱，現在我這樣拉著她，她一定很難受，但是她卻賭氣一般強忍著，硬是跟著我一路走到了堡壘外面。

「啾啾啾啾——」堡壘上面的一個瞭望台傳出了刺耳的警笛聲，接著，只見一片光影閃動，很多人影在堡壘上面晃蕩著，有一個拿著紙筒做成的喇叭的人，對我們喊道：「你們是什麼人？」

我剛要回話，卻不想冷瞳抽回了小手，將笛子往嘴邊一橫，吹出了笛音。

堡壘上的人愣了一下，互相交頭接耳地低聲商議了一番，才拿著喇叭又喊道：「原來是小冷啊，你來這裏，有什麼事情嗎？」

我心裏不覺一陣氣惱。這個世界的人心都是這麼冷漠的嗎？冷瞳這麼一個柔弱的小女孩，在森林裏一個人生活了這麼久，他們難道不知道嗎？他們好歹也應該先把她放進去，噓寒問暖地關心一番才對啊，怎麼可以這樣拒之門外呢？

我不禁拳頭緊握，仰頭對堡壘上的人喊道：「少廢話，叫你們的老大出來回話！」

「你是誰？」那個喊話的人這才注意到我，驚疑地問道。

「我是你爺爺，你個冷血動物，少跟我說話！」本來，因為和冷瞳產生隔閡，我就已經是一肚子火氣了，現在被這個傢伙一鬧，我索性全都發洩了出來。

「你到底是什麼人？給我說話乾淨一點！」堡壘上的人針鋒相對地說道。

「對於你們這些冷血動物，我說話需要乾淨嗎？」我皺眉冷聲喝道。

「都注意了，這個人可能是獵屍聯盟的人，快，弓箭準備，給我射死他！」堡壘上的人喊了一句。

我氣得肺都要炸了，不覺從腰裏拔出了手槍，瞄準那個人就是一槍。

第九十五章

獨闖科考堡

堡壘裏的人都圍了過來，像觀賞珍奇動物一般看著我。
我觀察著堡壘的內部，這是一座完全用黑紅色的岩石
壘築起來的堡壘，其實更像是一座山寨。
建築散亂、粗糙，並不氣派，到處都是低矮的石頭房子。

「砰——」一聲震響，命中了那個人的肩窩。

「啊——」那個人慘叫一聲，手捂傷口倒了下去，手裏的紙筒喇叭掉了下來，落在我的面前。

堡壘上的人都被震住了，他們絕對沒想到，我居然會有這麼先進的武器，都不知道該怎麼辦才好。

我撿起地上的紙筒喇叭，對著城頭喊道：

「你們都聽著，我叫方曉，是從外面的現實世界來到這裏的。我找你們的老大，有事情商議。你們都聽好了，我知道怎樣離開這個世界，你們如果還想再見到陽光的話，就乖乖開門，把老子迎進去！」

我喊完話之後，放下喇叭，仰首佇立，靜靜地等待著。

不多時，城頭上一陣人頭攢動，一個頭髮花白老者的身影顯現出來。

「喂，年輕人，你真的是從外面的現實世界來到這裏的嗎？」那個老者沙啞著聲音，有些激動地問道。

「當然，不然你以為我為什麼會有手槍？」我喊聲回道。

「啊，好，好，快，快開門，讓他進來，讓他進來！」那個老者更加激動地說。

「嘎啦啦——」堡壘底部的石門緩緩打開了。

我不覺有些得意地哼笑一聲，轉身對冷瞳說道：「走吧，咱們進——」這個時候，我才發現冷瞳早已不知去向了。原來，剛才我和堡壘上的人對罵的時候，她就已經走了。

我愣在了當場，好半天都沒有回過神來。這一刻，我的心真的疼了。冷瞳居然就這麼走了，一聲不吭地走了。

「喂喂，年輕人，你叫什麼名字？快進來啊！」堡壘的大門口出現了那個白髮老者的身影，正在對我招手呼喊。

我應了一聲，一邊走一邊回頭望，不知不覺，眼中滿是淚水。我不知道自己為什麼會哭，只是感到心裏很酸澀。

「年輕人，快來，哎呀，看你的樣子，真的是從外面的世界來的，哎呀呀，多少年啦，我終於盼到啦，快，快進來。」

當我走到堡壘大門口的時候，老者見到我身上的裝備，滿心激動地迎了上來，一把抓住我的手臂，把我拉了進去。

「嗨，年輕人，別哭了，我們在這裏過得還算可以，不是很苦，怎麼你的眼淚比我們還多呢？哎呀呀，真是個小夥子啊。」老者拉著我的手，一邊走一邊說道。

堡壘裏的人都圍了過來，像觀賞珍奇動物一般看著我。他們的熱情讓我有些應接不暇，一時間也就沒有空閒去思考冷瞳的事情。

我觀察著堡壘的內部，這是一座完全用黑紅色的岩石壘築起來的堡壘，其實更像是一座山寨。建築散亂、粗糙，並不氣派，到處都是低矮的石頭房子。

白髮老者拉著我進了堡壘中間最高的一座石屋裏，讓其他人出去，這才有些緊張地在我對面坐下來，問道：「小兄弟，你叫什麼名字？從什麼地方來的？」

我細細打量這個老者，發現他面白無鬚，頭髮花白，滿臉皺紋，脊背微微有些佝僂，少說也有六十多歲了。我微微一笑道：

「我叫方曉，從風門村進來的。」

老者有些狐疑地問道：「你是怎麼進來的？」

「我架著助力傘進來的。老先生，你們又是怎麼進來的？」

老者訕笑一下，好半天才嘆了一口氣道：「哎，看來，你不是來接應我們的啊。」

「什麼意思？」我疑惑地問道。

「嗯，這麼和你說吧。」老者咂咂嘴道，「當年，我們發現了這個地方有非常奇特的氣場，就組織了一個大型考察隊進來考察，誰知道，自從來到這個世界之後，我們就再也沒法出去了。我們只好在這裏修築了堡壘工事，安頓了下來。這麼多年來，我們一直在等待有人來接應我們。」

「你說的接應，是什麼意思？」我好奇地問道，「你們是什麼時候進來這裏的？屬於哪個部門？」

老者皺了皺眉頭道：「在告訴你這些事情之前，你得先告訴我，你為什麼會來到這裏，你來這裏是做什麼？我們的身分是機密，不可以輕易洩露。」

我也不好為難老者，於是先把我自己來到這裏的目的說了出來。

老者說道：「這麼看來，你和我們來到這裏的目的差不多。那我就告訴你吧，我們是地質科學院的勘探隊。幾十年前，我們進來這裏勘探，誰知這裏是一處鬼地。我們堅守了這麼多年，就是等著單位派人來救我們出去。沒想到一等多年，卻一點消息都沒有。現在幸好你來了，我們總算有一點希望了。」

我覺得他的話是很可信的，不禁問道：「你們當初是怎麼來到這裏的？」

「我們有幾架小型科考飛機，是木製滑翔機。但是，進來之後，飛機不是摔壞了，就是沒有燃料，再加上後來我們又被那些獵屍人追殺，隊伍衝散了，所以，就一直在這裏駐留。期間有兩個人曾經試圖開飛機衝出去，卻不知道結果怎樣了。」

老者傷感地嘆了一口氣。

我對他所說的那兩個開飛機衝出去的人產生了興趣，問道：

「那兩個人是誰？長什麼樣子，叫什麼名字？您還記得嗎？能跟我講一講嗎？他們是什麼時候出去的？」

老者看了看我，覺察到我很焦急，不覺有些疑惑地問道：「你為什麼要問這個事情？難道說，他們真的出去了？你曾經見過他們？但是——不對啊——」

老者打量著我說：「那是十六七年前的事情了，看你的年紀，你那個時候應該還是嬰兒，你怎麼會知道這件事情呢？你怎麼可能認識他們呢？」

「老人家。」我已經沒有心情解釋了，急切地抓著老者的手道：「請您千萬要把你知道的情況告訴我，這個事情對我來說非常重要，請你一定相信我。」

老者皺眉沉吟道：「說起來，這個事情就算告訴你也沒什麼，我之所以不願意說，主要是因為，這個事情是我們考察隊不光彩的一件事情，所以，我們都不想再提起這件事情。」

「您說。」我兩眼放光地看著老者，嘴唇有些發乾。

「嗯，那是一對年輕人，是從國外深造回來的，男的叫龍飛，女的叫柳雲紅。他們加入考察隊之後沒多久就談起戀愛。這個事情可是被上面嚴令禁止的，因為我們考察隊是部隊編制。我當時是考察隊的教導員，他們兩個人的事情，我曾經多次警告過，但是他們卻一直不聽，最後，我只好把他們趕出了考察隊！」

老者說著，神情變得有些氣憤，我的心裏卻有些傷感，也漸漸緊張起來。我非常清楚地意識到，老者口中的龍飛和柳雲紅，很有可能就是我的親生父母。沒想到，居然在這裏得知了我父母的消息。

結合我夢中所見的情景，當年我的父母應該是在這個九陰鬼域裏生下了我，然後，他們駕駛著木製小型滑翔機，衝破了雷鳴電網和龍捲旋風，逃出了這個暗無天日的世界。

滑翔機上那個身材高大、英武魁梧的男人，與那些腐屍搏鬥，最後犧牲了自己，保全了飛機的平安。而那個女人則是在飛機墜毀的時候，為了保護那個嬰兒，也死了。最後，只有那個嬰兒活了下來，而那個嬰兒就是我！我這條命，是我的父母用他們的生命換來的。

一連串線索貫穿到一起，我的心裏豁然開朗，感到一陣輕鬆。雖然得知了自己的身世，但是我很快平靜了下來，沒有流露出什麼感情。

「他們到底犯了什麼樣的錯誤，讓您非得把他們趕走？」我深吸了幾口氣，看著老者問道。

「他們沒有結婚就有了孩子，這個可是非常嚴重的錯誤啊。要是傳出去，我這個教導員也要受牽連啊。所以，我一怒之下，就把他們給趕出去了。」老者有些傷感地嘆了一口氣，「原本我只是想嚇唬嚇唬他們，可誰知，這兩個孩子都是倔脾氣，居然一去不回頭，沒有再回來過。他們就兩個人，在喪屍森林裏怎麼活？更何況柳雲紅還有了身孕。後來我心軟了，派人出去找他們，沒想到的是，這才發現，他們活得很好，壓根兒就不比我們差。我請他們回來，他們還不回來呢，說我是老古董。」

「所以，我就再也沒去找過他們了。」老者又嘆了一口氣，「我沒想到，因為有他們兩個做榜樣，又有一對年輕人私奔了出去，和他們住在一起。不瞞你說，剛才陪你來的那個小冷，她的父母就是後來私奔出去的那對年輕人。只可惜，後來他們……哎，小冷這孩子也是命苦啊，而且脾氣和她媽媽一樣硬氣，說什麼也不肯到堡壘裏來住啊，哎——」

老者臉上的皺紋更加深了，神情很憂傷，老半天都沒再說話，似乎對於當年的事情很自責。

「那，後來龍飛和柳雲紅是怎麼駕駛滑翔機出去的？」我問道。

「我們飛進來的時候，飛機一共有四架，都是燃料耗盡後迫降在樹林裏的，飛機基本上都已經損毀了。」老者說道，「不過，我們低估了龍飛的能力。他在國外學的就是機械專業，對於維修飛機很在行，後來他居然修好了一架飛機，而且還不知道從哪裡找到了燃料，他們就飛出去了。不過，從此以後就沒有消息了。」

「他們飛出去的時候，他們的孩子是不是已經出生了？」我故作隨意地問道。

「嗯，出生了。」老者皺眉道，「我聽說，他們之所以執意要出去，就是不想讓孩子一輩子待在這個地方。所以，雖然很危險，他們還是駕著飛機出發了。」

「您知不知道，他們的孩子叫什麼名字？」我又裝出隨意的樣子問道。

「他們的孩子叫龍雲子。哎，現在也不知道那個孩子怎麼樣了。」老者拍了拍大腿，端起桌上的茶水抿了一口，皺眉問道：「年輕人，說了這麼多，我還不知道你怎麼進到這個地方的呢。那個助力傘是什麼東西？能不能把我們都救出去？」

我有些為難地訕笑一下，正要說話，外面忽然響起爭吵聲，兩個乾瘦的黑臉大漢，穿著非常破爛的衣服，一個手裏攥著一把工兵鍬，一個手裏提著一條木棍，臉色凶狠地走了進來。

他們走進來之後，都衝我瞪著眼，神情充滿憤怒。

「王躍，趙武，你們要做什麼？」老者一拍桌子，怒聲呵斥道。

「書記，你這麼包庇他可不行，這小子剛才打傷了黃鑫，這筆賬，絕對不能就這麼算了！」那個叫王躍的冷冷地說。

「我不是和你們說了嗎？那是誤會，這位小兄弟是無心傷人的，你們怎麼還這麼多事？還不快出去！」老者瞪著眼睛說道。

王躍和趙武反而踏前一步，伸手指著我罵道：「你有種，就給老子出來，我看看你到底有多少顆槍子，我就不信，我們考察隊還鬥不過你一個小毛孩子。他媽的，一出手就傷人，你給老子出來！」

「王躍！你幹什麼?!無法無天了是嗎?!」老者氣得面色發白，手掌把桌子拍得砰砰響。

「書記，我叫你一聲，是抬舉你，我們都已經落到這步田地了，你還想當你的領導呢？我告訴你吧，我們拼死拼活白白養著你，早就不爽了！所以，我警告你，這件事情，你最好別管，不然的話，別怪我連你一起打！」王躍瞪著老者，惡狠狠地說道。

「你，你，你這個臭小子，我，我打死你！」老者被激怒了，不覺上前抬手向他頭上扇了下去，卻被王躍一腳踹了回來。

「唔——」被踹中了胸口，老者全身搖晃著後退了好幾步，差點一頭栽倒在地。

我連忙搶上一步，將老者扶住，抬眼向王躍望去。王躍非常不屑地冷哼一聲，壓根兒就沒有愧疚。

「好，王躍，你長本事了，你，你，我，我馬上吹哨子，集合。我，我看你到底想怎麼樣！」老者手捂胸口，臉色蠟黃地喘息著，從懷裏掏出了一個哨子，吹了起來。

「呸，你還吹哨子呢，我告訴你吧，進來之前，我們幾個人早就合計好了。反正也出不去了，以後我們都自己過自己的日子，不再聽你的話了！你就去死吧，別浪費糧食了！」

王躍說話的當口，又走進來幾個人。這些人都是衣衫破爛，身體黑瘦。他們沒有一個人去關心老者的傷勢，反而怒視著我，嘴裏呼喝道：「書記，我們要求嚴懲凶犯，絕對不能縱容壞人！」

一時間，屋裏一團混亂，老者根本就沒有說話的機會。老者氣得渾身發抖，臉色越來越白，最後顫巍巍地伸手指著那些人，一口黑血吐了出來，兩眼一翻，昏死過去。

那些人愣了一下，互相對望了一眼，滿臉冷笑地看著我，各自掂著手裏的棍棒，互相攛掇著說道：「打死他，打死他，打他！」他們一邊說著，一邊圍了上來。

我沒有說話，只是將那個老者抱了起來，探了探他的鼻息和脈搏，發現他只是急火攻心，並沒有什麼大礙。我這才緩緩轉身，冷冷看著這群人，目光從他們的身上掃過，最後落在帶頭鬧事的王躍臉上，皺眉道：「剛才，你好像說要打我，是不是？」

「不錯，怎麼樣？」王躍冷笑著，走上來就要抓我的衣領：「臭小子，我看你這身衣裳不錯，老子好久沒穿新衣服了！」

我一腳踹到他的小腹上，將他整個人踹飛出去四五米遠。

「這一腳，是替老人家還給你的！」我冷冷地說。

「快，上啊，揍他，揍啊！」王躍趴在地上，氣急敗壞地大叫起來。

「上，上啊！」其他人呼喝著向我圍了過來，木棍、鐵鍬、鋼管一齊砸下來，將我籠罩在其中。

我連躲都沒躲，硬生生地單手提起旁邊的石凳子一擋，接著把石凳子猛地往側面一甩，就砸倒了兩個人。我一矮身衝進人群，左手拳、右手石凳子，左右開弓，十來秒鐘就將這些人全都打趴下了。

我留了手，這些人才沒有馬上死掉。雖然如此，每人挨那二三十斤重的石凳子砸一下，也是夠嗆的。

我冷眼看著趴在地上呻吟哀號的人，放下了石凳子，大馬金刀地坐了上去，問道：「你們還有誰想要打我的？」

我向王躍望去，把這傢伙嚇得全身一哆嗦，一下子退到石室門口，拼命對我擺手道：「我，我不敢了，我錯了，我錯了。」

「你錯了？」我站起身，瞇眼笑問道：「你錯在哪裡了？」

「啊？我，我不該踹書記，我該死，我該死！」王躍開始抽自己的耳光。

「好了，不要做戲了，我不吃你這一套。」我對他招招手道，「你過來，我有話和你說，你別站那麼遠。」

王躍差點哭了出來，打死也不敢走到我面前。

我臉色一黑，瞪著他喝問道：「你他媽能不能聽懂人話？我讓你過來，聽到沒有？想死是不是？」

王躍自知躲不過了，只好滿臉驚恐地一點點挨了進來，縮身看著我說：「你，別打我好嗎？我什麼都聽你的。」

「真他媽的沒種。」我鄙夷地罵了一句，「我問你，堡壘裏是不是一共就這些人了？」

「除了我們之外，還有兩個，在醫務室，一個被你打傷了，還有一個是女人，是考察隊的醫生。」王躍戰戰兢兢地回答。

我不禁對他們有了些憐憫，火氣基本消了，心裏也對自己先前的衝動有所愧疚，問道：「受傷的那個人傷勢如何？有沒有生命危險？」

「沒有，絕對沒有，那一槍打穿了他的肩胛骨，不是什麼大傷，處理一下就沒問題了。」王躍滿臉堆笑地說，顯然想向我諂媚。

我心裏一陣暗笑，忍不住反問道：「既然傷勢不重，那你們還這麼氣憤幹什麼？我還以為老子殺人了呢。」

「那個啥，兄弟，你打傷的人正好是我們隊長，是他，他讓我們來找你算賬的。」王躍開始推卸責任。

我冷笑了一聲，暗想，一個教導員你們都不放在眼裏了，那個半死不活的隊長，對你們能有這麼大的約束力？你們如果不是自己願意，隊長躺在病床上能支使你們這麼多人？還讓你們把教導員給踹倒了？這些都是那個隊長的主意，可能嗎？

我冷冷地說：「我叫方曉，以後叫我名字就可以了。你想和我做兄弟，也不撒泡尿照照自己！」

王躍臉色鐵青，卻沒敢再說話，只是咽了咽唾沫，訕笑道：「好，好，我知道了。」

「知道就好，讓他們都站起來，我有話說。別他媽躺地上裝死，誰再躺著，就給老子永遠躺著！」我走到桌邊坐了下來。

這時，那個老者還昏迷不醒地躺在桌子上。我冷眼看著那些人一個個「哎喲哎喲」地從地上爬起來，低頭站成兩排，這才指著張武道：「你，去把醫生叫過來，給教導員急救。」

「啊？好。」張武連忙點頭，轉身就跑，但是走了沒幾步，又有些猶豫地轉身問道：「那個，醫生正在給隊長包紮傷口，她要是來了，隊長怎麼辦？」

我冷笑一聲，走到他面前，瞇眼看了看他，猛然抬手對著他的臉左右開弓扇了兩巴掌，怒喝道：「現在這裏誰說了算？有你做主的分嗎？我讓你把醫生叫過來，你就趕緊給老子去叫，聽到沒有？你要是想死快點，我馬上成全你，大有人會去做這個事情。」

果然，王躍就一臉討好地舉手道：「那個，還是我去叫吧。」

「不用，就讓他去！」我瞪了張武一眼，問道：「你還愣著做什麼？」

「啊？對不起，我馬上去，馬上去。」張武捂著臉，滿眼狼狽地跑出去了。

我又冷哼一聲，回到位子上坐下來，看著他們問道：「我想瞭解一下這個堡壘的情況。你們給我詳細說說。」

這些人鬆了一口氣，七嘴八舌地說了起來。

當年考察隊一共有四架飛機，被困在這裏的有二十五人，其中三個人著陸時喪生了，有三個人在和腐屍搏鬥時中死了，還有兩個人是被獵屍聯盟殺掉了，最後就剩下十七個人。

這十七個人裏，龍飛和柳雲紅私自離隊，後來跟著離開的冷瞳父母，因此，後來考察隊只剩下十三個人。

當年他們之所以選擇在這裏修築堡壘，主要是因為這個地方有水、有燃料。堡壘的後山上有一道很渾濁的泉水，從山頂流下來，這就解決了飲水問題，堡壘底下有個坑洞，那裏面有很多類似電石泥的物質，可以泡到水裏當燃料，也可以用來發電。

考察隊帶著一台小型發電機，這麼多年來，他們就是靠這台發電機活下來的。發電機的電不是用來照明的，而是給蔬菜棚裏的蔬菜用的。他們之所以給蔬菜點燈，是因為這個世界沒有陽光，要讓蔬菜生長，順利進行光合作用，就必須這麼做。

他們平時在堡壘裏生活，都是用電石泥泡在水裏點起來的電石氣燈。除此之外，堡壘裏還有一些武器，只是很落後，無非是棍棒鐵鍬什麼的。他們還有一把手槍，一直由教導員，也就是那個老者保管著，這麼多年了，也沒見他拿出來用過。

我皺眉問道：「你們平時就吃蔬菜嗎？」

他們滿臉尷尬地訕笑道：「也不全是，坑洞的雹石泥裏，有一種非常粗大的、繁殖能力極強的蚯蚓，把牠們肚子裏的泥洗乾淨，是很肉實的，吃起來和豬大腸差不多。」

我差點一口吐了出來，難以想像蚯蚓的味道。

經過王躍的介紹，我知道了老者的名字叫劉大簷，而被我打傷的隊長叫李耳根，那個醫生叫韓靈巧，他們都叫她「三娘」。

這時，那個被我抽了巴掌、腮幫子已經腫起來的張武，領著一個女人走了進來。

女人並沒有看我，拿著藥箱子徑直朝劉大簷走去，開始給他進行急救。

這個女人大約四十歲左右，身材很不錯，長髮挽了起來，皮膚細嫩白淨，穿著一件已經灰白的大褂。她的膚色和精神狀態很正常，模樣也很端正，風韻猶存。

我心裏一陣疑惑，有些不太明白，為什麼這些男人都這麼邋遢枯瘦，而她卻活得這麼滋潤，不禁好奇地多看了她兩眼。她剛好也抬頭向我看來，臉上表情似乎有些不悅。

我連忙扭頭呵斥張武道：「叫你去請大夫過來，怎麼花了這麼長時間？」

張武不覺滿臉驚慌，一時沒能說出話來。

「不要罵他，是我讓他慢著點的。」正在給劉大篬做推拿按摩的韓靈巧打斷了我的話。

我斜眼向她看去，冷笑道：「你還挺關心隊長的嘛。」

「我當然關心，那是我的男人。」韓靈巧不屑地冷哼一聲，接著說出了一句令我很吃驚的話：「他們都是我的男人，包括這個老鬼。」她生氣地質問我道，「你憑啥打我的男人？」

我很困惑。這屋子站著的十來個男人，包括那個受傷的李耳根，難不成都是韓靈巧的男人？不過，我轉念一想，又覺得這個事情實在是太正常了。這些考察隊員來到這裏的時候都很年輕，這麼一大群人，在這個不見天日的鬼地方待了將近二十年，會發生什麼事情都不奇怪了。

這個時候，我才明白為什麼韓靈巧的氣色看起來那麼好了。作為這裏唯一一個女人，這些男人肯定會對她呵護得無微不至的。

不過，為什麼劉大篬對韓靈巧這樣的行為一句話都沒說，而龍飛和柳雲紅談戀愛，卻被趕出去了呢？後來，冷瞳的父母私奔出走了，不想與這群人為伍，這又是為什麼呢？

我心裏大致有了一些猜測。他們當年很有可能是想把柳雲紅和冷瞳的母親都變成像韓靈巧那樣，由大家共用，因此引起了兩個女子的反抗，所以劉大簷才故意為難他們，把他們逼走的。

這麼想來，事情就讓我憤怒和鄙視了。劉大簷這群人，絕對不是什麼好人。我不禁敬佩我的父母龍飛和柳雲紅，還有冷瞳的父母，他們頂著巨大的壓力在一起，他們的愛情是轟轟烈烈的。

不過，我也不得不佩服韓靈巧。畢竟，她所起的作用，比這個考察隊裏任何一個人都大。這些年來，如果不是因為有韓靈巧的話，說不定這個考察隊早就散了。正是因為有了她，這些男人才有了希望，有了生活的樂趣，才能一直活到現在。

「這麼說來，」我對韓靈巧微笑道：「這個堡壘裏真正的當家人，應該是你了，對不對？」

「哼，你想怎麼樣？」韓靈巧餘怒未消，冷哼道：「都已經到了這個分上了，還打打殺殺，你們還嫌活得不夠苦嗎？」

「我從來都不好鬥。」我微笑道，「我只是看不慣人心冷漠。」

「你不冷漠。」韓靈巧冷笑道，「但是你比他們都狠。」

「你這樣說也可以，但是我問你一個事情，為什麼你們這麼多年，一直都不把冷瞳接進來一起住？你難道不知道她一個小女孩在外面很危險嗎？」我皺眉問道。

韓靈巧冷笑一聲，說道：「你不會是剛認識那個小丫頭吧？你瞭解她嗎？」

「她的事情，我瞭解一點，她是個孤兒。」我說道。

「那你知不知道她是可以操控那些腐屍的？」韓靈巧問道。

「知道，那又怎樣？」

「那些腐屍都聽她的話，她在外面住著，怎麼可能有危險？別人怕她還差不多。獵屍聯盟那些人橫行無忌，但是就是不敢靠近她的住處，你知道是為什麼嗎？」韓靈巧瞇眼道，「近些年來，獵屍聯盟的人死在她手裏的，據我所知，就不下十個。哼，她這麼一個恐怖的人會有危險？你開玩笑吧？」

「那你們為什麼不把她接進來，那樣你們豈不是也可以操控那些腐屍，變得強大起來了嗎？」我有些疑惑地問，心裏也有些意外，沒想到冷瞳居然是這麼一個手段凶狠的小丫頭。

「你以為我們沒有收留過她嗎？」韓靈巧一邊讓人把劉大簷抬下去，一邊理了理頭髮，在桌邊上坐下來，抬手對那些男人說：「你們都下去忙吧，有事我再叫你們。」她這才端著茶杯，看著我問道：「你知道她留下來之後，發生了什麼事情嗎？」

「發生了什麼事情？」我看著韓靈巧意味深長的眼神，心裏隱隱猜到了什麼，但是一時間又不敢相信。

「那時候，她只有七八歲。」韓靈巧冷冷一笑，「她睡在我隔壁的房間，然後，隊長想強姦她。」

正在喝水的我猛然嗆了一口，劇烈地咳嗽起來。「那個隊長還是人嗎？」我紅著臉，瞪著韓靈巧說道。

「所以，我就把她救了下來，把她放走了，讓她永遠都不要回來。你應該知道，我只是一個女人，並不能完全控制住這些男人。他們要是發起瘋來，我也管不了。」韓靈巧瞇眼看著我說道。

我恍然大悟，終於知道為什麼冷瞳不喜歡這裏了。我這才明白，為什麼冷瞳說她會害怕，當年她是真的被嚇到了，而且留下了心理陰影。

第九十六章

冰女玄魁

我忽然想起，說不定冷瞳就是那種「冰女玄魁」。
如果真是這樣的話，那可就有些麻煩了。
冰女玄魁一年四季體寒如冰，冷瞳真的是這種體質的話，
我把她從這裏帶出去了，真不知道她能不能適應外面的世界。

「而且，她住在那個樹林裏，有水有食物，生活條件不比堡壘裏差，所以，她完全沒必要和我們住在一起。」韓靈巧笑了一下，「現在，你能理解這個事情了嗎？」

「我明白了。」我有氣無力地說，尷尬地嘆了一口氣，又問道：「這麼多年，你就是這麼過來的？他們這麼多人，你也願意？」

韓靈巧淡然地一笑，說道：「我家在農村，成績一直很好，醫科大學畢業後就被分配到了這個考察隊。和我一起進入考察隊的另外兩個女隊員，都是出身高級知識分子家庭，一個還留過學。她們加入考察隊不久，很快就找到了心儀的對象，然後頂著巨大的壓力結合在一起，至死不渝。」韓靈巧輕輕一嘆，「我的第一個男人，在著陸那天就已經死了。她們兩個走了之後，隊裏女隊員就只有我了。」

韓靈巧怔怔地看著前方，又嘆了一口氣，繼續說道：

「我們困在這個地方，暗無天日，大家的精神一度都要崩潰了。你別看那些大男人好像很勇敢的樣子，實際上，他們很脆弱。那時就有一個人自殺，又被我救活了，可是，他卻並不領我的情，反而把我大罵了一頓。我問他，你要怎樣才能活下去，那個男人把我抱住了，他就成了我第二個男人。就這樣，我是考察隊的醫生，也是這些男人活下來的希望。他們很多時候，只是一個大孩子而已，心理脆弱，需要有人像母親那樣愛護他們，他們才有勇氣活下來。」

「那你有沒有想過，以後出去了，你要怎麼辦？」我皺眉問道。

「有什麼不能面對的？」韓靈巧說道，「再說了，你覺得我們還能出去嗎？已經快二十年了，我早就絕望了。你剛進來，可能還沒有這個感覺，但是，等你習慣了之後，你就會明白了。這個世界，我們絕對沒法逃出去。我們既然來到了這裏，就注定要把生命留在這裏，這就是命運。

「而且，在這裏的生活，也不全是苦難。如果離開這裏，我說不定會活得更加艱難。我可能會受到世人的唾罵，受到別人的鄙夷。到了那個時候，這些男人也都會離我而去，我一個人，又要怎麼活下去呢？我倒是覺得，在這裏就這樣活下去挺好的。這些男人真心疼我，有一口吃的，都先給我，我挺滿足的。」韓靈巧訕笑了一下，揮揮手道：「好了，不說這些了，說說你吧，你是怎麼來到這個世界的？你來這裏想要做什麼？」

我淡笑了一下，沒有解釋，只是問道：「如果我想要離開這個世界的話，你覺得最好的方法是什麼？這裏有沒有可以利用的工具？」

「這個我真的不太清楚。」韓靈巧皺眉道，「如果有辦法離開這裏的話，我們早就離開了，也不會等到現在了。」

「他們不是說龍飛和柳雲紅已經開著滑翔機出去了嗎？這件事難道你不知道？當年不是有四架飛機嗎？現在其他飛機在哪裡？還可以用嗎？」我問道。

韓靈巧不覺一愣，微微搖頭道：

「當年來到這裏的時候，就已經損毀了兩架飛機，後來龍飛又把最完好的那架開走了。所以，現在就剩下一架飛機了。但是，也沒法用了，因為沒有燃料。我們是為了留一條後路，所以把那架飛機藏在一個山洞裏，再也沒有去看過，現在都不知道變成什麼樣子了。你不會是想開著那架飛機出去吧？」

「我想試試。」我點頭道。

「你有燃料嗎？」韓靈巧問道。

「龍飛他們當年既然可以開出去，就說明他找到了收集燃料的辦法。我決定找找看。」我很堅定地說道。

「你不用找了，我知道他們當年是怎樣得到燃料的。」韓靈巧說道。

「你知道？他們是怎樣得到的？」我很好奇地問道。

「他們是用罐頭和獵屍聯盟的人換的。」韓靈巧說道，「不過，他們換來的燃料，並不是汽油，也不是柴油，而是屍油。」

「屍油？」我皺眉道。

「就是用屍體榨出來的油，那些油不能直接當成燃料，但是，兌上柴油之後，只要能夠順利點火，就可以使用。那些滑翔機的發動機比較粗糙，只要有油就能運轉。」韓靈巧猶豫了一下，「本來，我們聽說了他們的事情之後，也準備這麼做的。可是，最後還是放棄了。」

「為什麼？」我不解地問道。

「因為龍飛他們出去之後，再也沒有任何消息傳回來，也沒有救援隊進來救援，那就說明，他們很有可能壓根兒就沒能飛出去，而是在半途墜毀了。他們已經失敗了，我們也沒必要繼續跟著送命，這就叫前車之鑒。」韓靈巧嘆了一口氣道，「其實，當年他們不必那麼冒險的。」

我現在獲得了一些希望。他們直到現在為止，還一直以為靠滑翔機飛不出去，但是，我卻知道，我的父母就是用這樣的方法，把我送到了外面的世界。但是，這一架滑翔機，是不可能把這裏的人都帶出去的。所以，我只能先隱瞞自己的意圖。

我的這個做法，當然是很自私的，但是，我準備出去之後再想辦法回來救他們，我可不是一去不回頭。

我在心裏拿定主意之後，問道：「那架滑翔機現在在哪裡？能不能帶我去看看？我還真想試一試。」

韓靈巧笑道：「你想看也行，不過，燃料是沒有的。你想要燃料的話，就得自己想辦法。」

「嗯，這個我知道。」我點頭道。

「那行，你跟我來吧。」韓靈巧站起身就往外走，我連忙跟了上去。

韓靈巧領著我上了堡壘的門樓，抬手指著遠處一座黑乎乎的山頭道：「就在那個山頭背面的山洞裏，你要去的話，就自己去吧，我們是沒法陪你去的。這一路上腐屍太多了，還要經過獵屍人的領地。我們出去的話就等於送死。」

韓靈巧說完就下了門樓。她似乎並不是很歡迎我，也不想讓我留下來。

我站在門樓上，遙望著遠處的黑色山頭，一時間有些犯難。現在，我又是孤身一人了。我如果想要到達那座黑色山頭的話，這個行程很危險，我在出發之前必須要做好準備，一件上好的屍衣是必須的。現在冷瞳已經沒有和我在一起，那些腐屍也不會再對我以禮相待了。

我轉身下門樓，一邊走，一邊回憶著與劉大膽和韓靈巧的對話，忽然發現了一個非常奇詭的問題。我父母龍飛和柳雲紅開著飛機出去時，那個無底天坑裏，還盤踞著許多日本人。當時就是這些日本人把我救了下來，然後才是陰陽師門進天坑，把我帶回了師門。

那麼，當年考察隊進入這片九陰鬼域的路徑，顯然和我進來時所走的路徑不一樣。他們不可能是從天坑進入無底深淵，再進入九陰鬼域的。因為，當時那些日本人都在那裏，他們不可能不遇上的。

那麼，事實就是，他們進入九陰鬼域走的是另外一條路。那條路的開口肯定很開闊，可以滿足滑翔機的起降要求。這個入口在什麼地方呢？我怎麼完全不知道？

我連忙又找到了韓靈巧，向她詢問。

韓靈巧皺眉道：「那個地方是一座荒山，一個大深溝。所在的縣城叫宏遠縣，那裏也是崩血症爆發最多的地方，我們當時都以為那個深溝裏有核輻射，結果進來之後卻發現是一片死地。」

我不覺一陣疑惑，風門村附近沒有叫宏遠縣的地方，不過，我身上帶著地圖，所以，我很快就找到了，宏遠縣是在距離風門村數百公里的河北境內。

我這時才明白是怎麼回事。這片九陰鬼域的始作俑者，應該是九陰鬼泉。九陰鬼泉可能有很多分支，而那些分支也都製造出了一片九陰鬼域。這些九陰鬼域可能在地理位置上相隔甚遠，卻是連在一起的。

這些九陰鬼域的存在方式，可能不是通常所見的那種實質性存在，而是一種超時空的存在。甚至更有可能，它存在的地點是飄忽不定，不停移動的。

按照現在的情況來看，我只能推測，九陰鬼域是一條狹長的地下空間，它的一頭連著河南境內的無底天坑，另一頭連著河北宏遠縣境內的大深溝。從這兩個地方出發，都可以到達九陰鬼域。

我的推論得到了韓靈巧的支持。不過，韓靈巧沒有親眼見過九陰鬼泉，因為，那是獵屍聯盟重點守護的地方。我不覺在心裏計畫著，一定要去九陰鬼泉看一看。

韓靈巧看出了我的想法，對我說道：「你要是去的話，要小心一點，那些獵屍人可不是好惹的。」

「放心吧，我有辦法。」我心裏已經想到了一個主意。那些獵屍人什麼都不怕，但就是怕冷瞳。如果我想到達九陰鬼泉的話，勢必要借助冷瞳的力量，只有她才可以一下子對付那麼多人。

我便和韓靈巧告辭了，向冷瞳的住處趕過去。當然了，一路上，我又滅殺了一大群屍魁，用它們的頭髮做了一件屍衣。

四周光線暗淡，永遠如同落日餘暉一般，泛著一抹黑紅。叢林中更加陰翳，到處都是鬼影幢幢。一聲聲淒厲的號叫從遠處傳來，是那些腐屍正在廝打。

我身上披著屍衣，踟躕而行。莽荒闊野，沙塵漫天，無數陰魂在這個空間裏穿梭遊弋，帶起陣陣陰風。陰風颯颯，吹得我寒毛直豎，間或有一陣細細的低語和女人的笑聲在耳邊響起，是那些亡靈在向我傾訴著什麼。

對於山林道路，我只要走過一遍就不會忘記，所以，這一趟往回走的路雖然遙遠，卻很順利。途中，我看到樹林深處有一處燃燒的火堆，那是獵屍人布下的陷阱。他們獵殺了冷瞳的父母，還將我打成重傷，所以，我決心要將他們除掉。就算冷瞳不幫我，我也會用自己的力量將他們滅除。而我之所以要向冷瞳求助，是因為我不想再受傷。

我打算親眼去看九陰鬼泉，不管能不能弄清楚九陰鬼域的秘密，我都會儘快駕駛那架滑翔機離開這個世界。那剩下的大半桶備用汽油，被我丟在當時著陸的地方了。我只要到獵屍聯盟那裏搞點屍油過來就可以了。

我一邊走一邊想著，不知不覺走進了叢林深處。四周陰風陣陣，黑氣瀰漫，鬼煞沖天，是一處典型的凶險養屍地。

我不覺一凜，眼皮跳了兩下，本能地從腰裏摸出打鬼棒。這種養屍地，最能滋生非常厲害的飛殭。我們在墳地裏遭遇的魁魃飛殭，可給我們造成了不小的麻煩，現在，我不能不提高警惕了。

雖然現在我身上穿著屍衣，尋常腐屍沒法辨認出我來，但是，那些飛殭的大腦和神經系統已經重新生長，發生了異變。我走進它們的領地之中，說不定它們會把我當成想要入侵它們領地的殭屍。

養屍地雖然陰氣充沛，但是畢竟不是取之不盡的，一旦有飛殭佔據了這裏，它就絕對不容許別的腐屍體再來和它爭奪寶地，否則它們絕對會發起攻擊。

我握著打鬼棒，小心翼翼地儘量繞著養屍地周邊走，不敢靠近養屍地的中心地帶。就在我馬上就要走出那片養屍地的時候，叢林中猛然傳出了刺耳的尖叫聲。

「嘰呀——」叢林之中猛然衝出一具渾身黑氣繚繞、背上張開一對白骨翅膀的巨大飛殭。它長髮披散，渾身綠毛飄飄，一雙眼珠子赤紅如火，手爪粗長，尖利的獠牙泛著森森白光。

「吼呀——」巨大飛殭一出現，養屍地四周那些企圖靠近養屍地、吸收地氣的腐屍，立刻發出了一陣低沉號叫，四散奔逃。

但是，它們的速度有限，根本就不是巨大飛殭的對手，飛殭不過是骨翅一展一收，已經抓住了數具腐屍，將它們撕扯成了碎片。

幸好我距離比較遠，沒有被它發現。但是，飛殭似乎嗅覺特別靈敏，當它為了抓捕那些腐屍漸漸靠近我的藏身處時，居然停了下來，粗長尖利的爪子裏還拖著一具只剩下半個身軀、正在不停扭動的腐屍，抬頭向我這邊望了過來，皺了皺鼻子。

我心裏一凜，知道情況不妙，連忙轉身向前拼命跑去，不敢有絲毫停留。我這麼一跑，飛殭就發現了我，甩手丟掉了那半具腐屍，巨大的骨翅一張一合，就飛上半空，向著我飛了過來。

見到這個狀況，我心裏禁不住暗叫不好，不覺收起了打鬼棒，抄手把陽魂尺拔了出來，準備開戰。

隨著我的奔跑，陽魂尺霍然入手，立時一陣淒厲的嚎叫在耳邊響起，無數的鬼影在腦海中映現。

陽魂尺裏面蘊含的怨魂之氣猛烈地衝擊著我的意識。但是，此時的我，已經經歷了太多的恐怖和驚悚，心智早已變得非常強大，就算一直拿著陽魂尺也沒有問題了。

現在，我算是初步達到了姥爺的要求，可以心如磐石，不為外物所動，更不會被一些幻象所迷惑了。此時的方大同，早已今非昔比！

「吼吼吼，唔呀——」巨大飛殭揮舞著森白骨翅，凌空向我撲來。顯然，它已經識破我的偽裝，嗅到我身上的人味了。一個活人的精血，對它來說，就意味著數百年的修行之力，這鬼東西不可能放過我。

我翻身面向飛殭，屏氣凝神，意念與陽魂尺相接，將陽魂尺幻化為一把烈火巨刃，猛然原地躍起，一刀向飛殭劈砍過去。

遇強愈強，因為之前與那個魁魃飛殭戰鬥過，所以，我面對這隻沒有這麼厲害的飛殭時，心裏就不那麼驚慌了。先前與魁魃飛殭我能夠打個平手，現在這隻普通飛殭，我更沒有理由輸掉了。

雖然沒有泰岳他們給我做後盾，但是，這隻飛殭無法控制那些腐屍，對我們來說很公平，就是單挑！

飛殭覺察到熾熱的烈焰氣場，全身一抽，倉皇地向側面逃竄，但還是晚了一步，後腿上被我生生斬出了一道黑色印痕。

「吡吡——」印痕如同灼燒的木炭一般冒著黑煙。

「唔呀呀——」飛殭張牙舞爪一陣怒吼，猛然展開背後的骨翼，又向我衝過來，凜冽的爪風撲面襲來。

我知道它想要用鬼爪陰風對我進行遠端襲擊，不禁冷笑一聲，陽尺氣場轟然擴大數倍，將我全身都籠罩起來，硬生生把飛殭的鬼爪陰風擋了回去。

飛殭變得逡巡退縮起來。它此時也意識到，我這個對手，說不定會讓它魂飛魄散，絕對不是好惹的。

雖然它已經停了下來，我卻才剛剛熱身，這一場架，說什麼也要酣暢淋漓地打一番！所以，是你這個混蛋先來惹我的，就不能怪我不饒你了！

我冷喝一聲，將速度提升到最高，全身火焰騰騰，如同炮彈一般向飛殭衝過去，身影未至，熾熱的陽尺氣場早已凌空落下。

「唔呀——」飛殭見到我的氣勢，不敢和我正面硬碰，慘叫一聲，倉皇地向天上飛去，想躲開我的招數。

可是，我怎麼可能放它離開呢？刀已出鞘，不見血豈肯收回？我將陽魂尺猛然上挑，追著飛殭的身影，就是一陣狂劈亂斬。

「唔呀——唔呀——」飛殭一連發出淒厲的慘叫，當我落地之後，抬頭一看，只見飛殭全身都是叱叱冒煙，顯然被我傷得不輕。

由於背上的骨翼也被陽尺氣場斬裂，飛殭身影一晃，再也飛不起來，如同一隻折翼的鳥一般，晃晃悠悠地從半空栽了下來，重重地砸到地上，掀起一片煙塵。

我一步步地向飛殭走去。飛殭匍匐在地，拖著兩隻冒著黑煙的骨翼，低聲叫喚著，似乎是受傷太重，感到非常痛苦。見到我向它走去，它驚恐萬狀地縮身向後爬去。我卻擋在了它返回養屍地的道路之上，讓它進退兩難。

我冷笑著，緩緩走到飛殭面前，低頭看著它那黑髮披散的腦袋，緩緩地伸出陽魂尺，將它的黑髮挑了開來，想看看它到底是個什麼樣子。

沒想到，我看到的，卻是一張滿是驚恐、面皮素白的女人臉，此時雖然有些扭曲，但還是依稀能夠看到當年的樣子。這個女人當年必定是一個大美女，她的眼睛很大，下巴尖尖的，鼻梁也很挺，而且身材似乎也不錯。

「沒想到是一個女人。」我不禁輕輕嘆了一口氣，收斂了純陽氣場，輕輕搖了搖頭道：「你走吧，記得以後不要再作惡，明白嗎？」

我的話，飛殭顯然是不明白的，但是它感覺到我身上的殺氣漸漸退去，神情也輕鬆了一些。它似乎知道我不準備殺它了，於是連連對我作揖，然後拖著折裂的骨翅，小心翼翼地從我身邊爬了過去，向樹林深處逃去，很快就消失了蹤影。

我也不知道為什麼，越接近冷瞳的小木屋，心情就變得越緊張。雖然我和冷瞳分開只有不到兩天時間，卻覺得已經和她分開了很久很久，想念她了。現在回到她的屋子，彷彿是帶著滿心的溫暖和憧憬，回到自己的家一般。

我這是怎麼了？莫不是我真的愛上這個奇怪的小女孩了？可是，這又怎麼可能呢？我深吸了幾口氣，來到空地周邊的樹林裏。

這時，我聽到了一陣淙淙的水聲，從左邊傳了過來，不覺一陣疑惑，扭頭看去，只見空地旁邊的池水中央有一道道漣漪，池水邊上放著一個小木盆，木盆旁的一塊石頭上，整整齊齊地放著一摞衣服。

冷曈緩緩地從水裏升了上來，先是濕潤的小臉，上面貼著濕漉漉的幽藍髮絲，然後是天鵝一般的脖頸，再是雪白的圓潤雙肩，之後，冷曈深吸了一口氣，又沉到水下，露出細白的小腳丫，踢起一片水花。

我不動聲色地靠近池水，躲在大樹後面，靜靜地等待著。

冷曈再次浮了上來。這一次，她抓到了一隻河蚌，緩緩地向水邊游過來。她細白的小手划著水，我站在高處，可以看到她雪白的脊背，纖細的腰肢和修長的腿。她如同一隻精靈，一條美人魚。

冷曈游到池邊的淺水處，緩緩地站起來，彎腰將手裏的河蚌放到小木盆裏。這時，她非常敏銳地覺察到了異樣，轉身向我這邊看了過來。

「誰在那裡？」冷曈有些疑惑地抬手理著額前的濕髮，微微皺眉道。

我從樹後走了出來，怔怔地向她看去。

四目相對的一剎那，我們都沒有說話，冷曈的心情有些激動，她的眼角閃起了亮晶晶的光芒，雙手捂住了小嘴，胸脯輕輕地起伏著，似乎要哭出來。

「小冷，我回來了。」我向她奔了過去，一把將她摟進懷裏。

「哇——」小丫頭終於尋到了一點依靠，小臉埋在我的懷裏，細嫩的肩頭抖動著，傷心欲絕地哭了起來。

「對不起，小冷，是哥哥不好，哥哥不該離開你。」我輕撫她濕潤的長髮，柔聲安慰道。

「嗚嗚，我以為你不要我了，再也不會回來了。」小丫頭用迷離的紫色眼眸看著我，滿心委屈地說。

「不會的，哥哥從來都沒有想過要離開你。」我輕輕攬著她的腰肢，低聲說道。

「嗚嗚，我，我好害怕。」冷瞳嬌小的身軀在我懷裏擰了一下，接著抬起手來，擦了擦眼睛，有些羞澀地說：「人家還沒穿衣服。」

「噢，對不起。」我有些尷尬地鬆開手，連忙轉身端起地上的小木盆，說道：「你先穿衣服，我幫你把這個端進去。」

「嗯。」冷瞳在我身後低低地應了一聲，接著窸窸窣窣地穿衣服，不多時，就帶著一身清涼的水汽來到我的身邊，和我一起走進小木屋。

冷瞳點亮松油燈，一邊拿著木梳子輕輕梳理頭髮，一邊有些含羞地看了看我，撇著小嘴，問道：「你，怎麼又回來了？」

我根本就沒法直白地告訴冷瞳，我之所以回到這裏，其實只是為了獲得她的幫助。如果我那樣說的話，太不近人情了，會讓她傷心的。我對自己感到很失望，我真的不知道自己到底是怎麼了，弄不清我對冷瞳的感情到底是什麼。

冷瞳的性格堅強果敢，在感情方面可能熱情似火，卻又不會屈服。她的感情實際上非常脆弱，一點兒傷害都是致命的。

「我就是回來看看你，擔心你出事。」我瞇眼看著小丫頭，拿起一條乾燥的毛巾，幫她擦著濕漉漉的長髮，說道：「而且，我在西山堡壘裏的事情都辦完了，沒必要再繼續留下去了。」

「嗯。」冷瞳閉著眼睛，小手抓著我的衣襟。

「當時你為什麼不和我一起進去？為什麼自己先走了？」我好奇地問道。

「我不喜歡那個地方。」冷瞳睜開眼看著我，微微皺眉道：「裏面的人很壞，他們欺負我。」

「嗯，我明白，不過，你不用害怕，哥哥會保護你的。誰敢欺負你，哥哥會要了他們的命。」我微笑著，拉著她的小手坐了下來。

「哥哥，你一個人，打得過他們那麼多人嗎？他們都是一夥的。」冷瞳有些好奇地問我。

「當然打得過啊，你走了之後，我就把他們全部都揍了一通，哥哥可是很厲害的哦。」我一邊說著，一邊在心裏鄙視自己。

方大同啊方大同，你確實是挺厲害的。被獵屍聯盟揍成啥樣子了，現在又是來幹什麼？你既然很厲害，怎麼還要向一個小女孩求助呢？

不過，我又有些懷疑自己來找冷曈的真實用意。以我現在的狀態，對付那些獵屍人，只要足夠小心的話，應該是沒有問題的。那麼，我又為什麼非要來到這裏呢？難道說，在我內心深處，其實一直渴望再見到冷曈嗎？

「啊？哥哥，你真的這麼厲害嗎？」冷曈有些不敢置信地說。

我尷尬地笑了一下，岔開話題道：「不說這些了。來，哥哥問你，你要乖乖回答哥哥的問題。」

「問我什麼啊？」冷曈有些緊張地捏著小手，眼睛忽閃忽閃地看著我。

「我問你，你當時離開哥哥，是不是以為哥哥要一直留在西山堡壘裏，再也不會和你見面了？」我定定地看著冷曈問道。

冷曈張了張小嘴，愣了半天，才有些勉強地微微點頭。

「那麼，我再問你，」我拉起冷曈的小手，聲音略帶責備地問道：「你為什麼那麼狠心，一聲不哼就走了？難道你不想和哥哥在一起嗎？你離開的時候，難道就不傷心嗎？難道你不在意哥哥嗎？」

冷曈再次怔住了，她癡癡地看著我，好半天才咬咬嘴唇，也有些氣惱地看著我問道：「那你為什麼就不能留下來和我在一起呢？你不是也很狠心嗎？我離開的時候，你都沒有來追我。」

我無奈地嘆了一口氣，輕握她的小手道：「哥哥是男人，男人就是要做事情的，你明白嗎？你媽媽和你說的話很對，如果一個男人真正喜歡一個女人，他必然會心甘情願地留下來，陪她一輩子。但是，冷瞳，好男兒志在四方，你懂嗎？」

她輕輕地問道：「哥哥，你的意思是不是說，你雖然不在我身邊，但是，你心裏還在惦念著我，對嗎？」

「對，就是這個意思，」我輕握著她的手，「總之，你不要懷疑哥哥對你的心意就是了。哥哥很喜歡你，絕對不會丟下你。」

「嗯，那，哥哥，你這次回來，是不是很快又要走了？」冷瞳聽出了我話裏的意思。

我點頭道：「我只是回來看看你，等下我就要出發了。這次我要去獵屍聯盟那裏辦點事情，辦完就回來。」

冷瞳眨眼看著我說：「哥哥，那些人也很壞，你可要小心，他們會把你吃掉的。」

「沒事，哥哥不怕他們。」我伸手捏了捏冷瞳的腮幫，笑道：「你在這兒安心等著哥哥回來就是了。」

我收拾了一下裝備，起身準備離開。

「哥哥，這次我和你一起去！」

「沒事的，不用你去的，哥哥一個人可以搞定的。」我含笑道。這時，我已經有勇氣不去借用冷瞳的力量了，我更想呵護她，而不是把她當成利用的工具。

「不，哥哥，這次不管你說什麼，我都要和你一起去，我知道那些人的厲害，你要是自己去，肯定會被他們欺負的。他們很狡猾，有很多陷阱。哥哥，我會保護你的，絕對不讓他們傷害你。」冷瞳說話的當口，已經將頭髮紮了起來，接著穿上鞋子和外套，繫上披風，取下笛子。

我心中湧起一陣暖流，不禁一把將她抱了起來，讓她坐在我的肩膀上，然後彎腰走了出去，說道：「既然如此，那麼我們就雙劍合璧，好好去教訓一下那些獵屍人！」

這時，我還是沒有告訴她，她的父母就是被獵屍聯盟的人殺死的，我不希望她傷心，也不想讓她背負太多仇恨。但我會把這幫獵屍人全部剷除掉，不然我就對不起她，無法再面對她。

冷瞳並不知道我的想法，她只是因為擔心我，執意要和我同行。在她的心裏，我是多麼重要。

冷瞳吹起了奇特的笛音，那些腐屍都興奮地跟著我們，向著獵屍聯盟的駐地衝過去。

一時間，叢林之中的怪叫聲、怒吼聲連綿不斷，無數屍兵鬼將，全部都加入到了我們的隊伍中。這麼多腐屍一起行動，就算是一支裝備精良的正規部隊都不一定能夠擋得住，更不要說獵屍聯盟那可憐的幾十個人了。更何況，腐屍之中還有大批狡猾奸詐的屍魁。那些屍魁可都比猴子還敏捷，比豺狼還凶殘。

見到這個陣仗，我心中不禁一陣興奮，知道這一次，獵屍聯盟絕對要遭到滅頂之災了。我也暗暗驚嘆冷瞳的能力，她居然可以操控那麼多腐屍。這一點，真的讓我想不明白。

一般來說，想要操控這些腐屍，必須是陰力達到飛天等級的屍王玄魁才能做到。我之前遇到的那個魁魃飛殭就可以操控腐屍，它是傳說中修煉千年的玄魁殭屍，能夠做到這一點並不稀奇。

我好奇地問道：「冷瞳，這些腐屍為什麼都願意聽你的話？」

「這個——」冷瞳懵懂地抬起小手理了理頭髮，「我也不知道啊，反正它們不會咬我，而且對我很好，我說話它們聽得懂，我讓它們做什麼，它們也很樂意。」

我忽然想起《青燈鬼話》上說過：「女者陰體，細分九等，九陰女體，可涼如冰，寒如鐵，其陰力可通鬼魅，是為冰女玄魁。」說不定，冷瞳就是那種「冰女玄魁」。

如果真是這樣的話，那可就有些麻煩了。冰女玄魁一年四季體寒如冰，冷瞳真的是這種體質的話，我把她從這裏帶出去了，真不知道她能不能適應外面的世界。

我想到用我手心的純陽火氣給她捂手的事情，那個時候，她就有些窒息。如果她到了外面的話，是不是就得一直待在陰涼的空調間，一旦被太陽的純陽之氣曝曬，就會窒息昏倒呢？

這時，我又想到了另外一個問題。現在我們這麼興師動眾地衝過去，獵屍聯盟顯然會很早就得到消息，一旦他們察覺了，肯定不會傻乎乎地坐以待斃。如果我們這次要全殲獵屍人的話，就不能這麼聲勢浩大地過去，要採取一些策略才行。

我在冷瞳耳邊一陣低語。冷瞳眨了眨紫色眼眸，說道：「哥哥，你放心，這件事包在我身上。」

冷瞳拿起笛子橫在嘴邊，纖指輕動，吹起了一支低沉細膩的曲子。隨著笛音傳出，四周那些興奮的腐屍都慢慢沉默了下來，步調也變得輕巧，不再像先前那樣張揚。

我對冷瞳豎了豎大拇指，刮了刮她的小鼻子，對她一陣誇讚。冷瞳調皮地吐了吐小舌頭，接著招招手，從遠處召喚了兩匹腐屍戰馬過來。

我翻身上馬，接著一伸手，把正要爬到另外一匹腐屍戰馬上的冷瞳拉了過來，讓她坐在我的身前。

冷瞳小鳥依人地抓著我的衣襟，靜靜地坐在我的懷裏。我低頭看了看她的小鼻尖，嗅了嗅她髮梢的清新氣息，一拍馬背，催動腐屍戰馬。

我們很快就來到了獵屍人營地的周邊。這時，那些跟隨我們過來的腐屍已經悄然將營地團團圍了起來。奇怪的是，一路上，我們居然一個獵屍人都沒有遇到。

我們來到營地外圍時，我才明白是怎麼回事。原來，那些獵屍人都在睡覺。他們恪守著作息時間，在休息時間裏，營地裏非常安靜。

他們的營地是用沙石築成的圓形小堡壘，堡壘的牆壁約有兩米高，一米厚，裏面是有坡度的，可以爬到堡壘的圍牆上面。但是外牆是豎直的，想要爬上去還真是有些困難，特別是那些只會蹦著走的殭屍，到了牆根底下，就只會溜著牆根左右跳動。

堡壘圍牆的前後兩段，各有一處用厚重木頭做成的大門，門廊上還有哨塔，哨塔裡點著燈，似乎有人正在放哨。

不過，這個堡壘雖然非常堅固，卻有一個極大的缺陷，那就是，在堡壘圍牆周圍，居然密佈著高大的樹木。

這樣，就算接近了堡壘，他們也不一定能察覺，而且，很多樹木都高出圍牆一大截，這使得進入堡壘極為方便，只要跳到樹上，再往裏跳就行了。

那些腐屍已經對堡壘形成了合圍，任何從堡壘裏逃出來的人都沒法衝出腐屍包圍了。我對冷瞳點了點頭，讓她命令那些行動比較敏捷矯健的屍魁對堡壘發動攻擊。

屍魁一共有兩三百隻，在得到命令之後，青皮獠牙的屍魁立刻發出了號叫，有的直接跳上堡壘的圍牆，有的則是從高大的樹幹上飛躍而下，落進圍牆之中，很順利地進入了堡壘之中。

這時，哨塔裡的人發現了情況，敲擊起急促的梆子聲。

「嗒嗒嗒——」門樓的哨兵焦急地大吼起來，「都起來啊，屍魁進來啦，屍魁進來啦！」

「嘩啦，嘩啦，啊呀——」一時間，獵屍人的營地之中一片混亂，呼喊聲、怒吼聲、號叫聲、門板翻倒聲、女人尖叫聲連成一片，此起彼伏。

替天行道

我揮揮手道：「既然你不怕死，那麼一開始就應該活活餓死才對。
你們為了苟活，連屍體都吃，
早已經喪失了人性和尊嚴。你們早就該死！
現在，我就替天行道，早早了結你們，讓你們早點托生！」

「呼啦——」有人踢倒了架在火上的油鍋，烈火立刻熊熊燃燒起來，很快就波及周圍那些低矮的木屋。

「劈里啪啦——」一排木屋都被大火吞沒了。木屋上的火舌四下迸射，不時將一些受傷的屍魁和獵屍人吞噬其中。

戰鬥只不過進行了二十分鐘不到，戰局就已經明朗了。那些獵屍人壓根兒就不是對手，已經有人號叫著四下逃竄了。不過，他們剛剛跳出圍牆，就被守候在圍牆外的腐屍圍住了，同樣無法逃跑。

獵屍人營地的火焰漸漸低弱下去，混亂的聲響也漸漸平息下來。這時，我才騎著腐屍戰馬，懷裏攬著冷瞳，大搖大擺地從獵屍人的營地大門中走了進去。

進到營地裏，我立刻嗅到了燒焦的肉香味，其間混雜著血腥和惡臭，很讓人反胃。冷瞳嗅到味道也皺起了眉頭，滿臉不適的神情。

「你忍一忍，我很快就可以辦完事情的。」我翻身從馬背上跳下來，伸手把冷瞳接了下來，拉著她的小手，向營地中央走去。

營地裏巨大的火堆尚未熄滅，正炸出一片片火星，血紅的火舌隨著陰風四下搖晃著，如同一隻巨大的炎魔。到處都是殘垣斷壁，血肉屍體，煙灰火焰，儼然有如末日地獄一般。

火堆的周邊，玁屍人的頭領林李一手握著巨大石斧，一手抓著雪亮彎鉤，渾身鮮血碎肉淋漓，披頭散髮地背對火堆站著，正在喘著粗氣，陰鷙地警惕著包圍他們的屍魁。

在林李周圍，站著十幾個男人，他們手裏都有武器，也是渾身鮮血淋漓、披頭散髮，極為狼狽。

在林李等人旁邊，站著不下一百頭屍魁，都在虎視眈眈地瞪著林李等人，隨時準備撲上去咬他們一口。在營地東北方的一個角落裏還有一群屍魁，包圍了一群衣不蔽體的女人。

此時，戰鬥已經結束了，形勢完全在我們的控制之中。那些屍魁沒有把這些人立刻殺掉，是收到了冷瞳的命令。而冷瞳之所以這麼做，自然是因為我對她的要求。

這時，營地左側的一個設施引起了我的注意，我停下了腳步，怔怔地望了過去。

借著明亮的火焰之光，我非常清楚地看到，在我們左邊一排屋子前面的空地上，赫然立著一排將近一人高的粗大黑木十字架，有的上面還掛著剛剛剝皮剔肉的屍體。

那些屍體看起來非常怪異，有的是乾枯腐朽的腐屍，皮層剝開之後，裏面的肉質如同風乾的臘肉一般，僵硬又乾燥，還帶著霉爛氣味。而有的屍體極為新鮮，皮膚粉紅細嫩，皮下的青色血管看得一清二楚，讓人想到發育不完全的嬰兒。

當然，這些屍體不可能是嬰兒，他們都是成年人的身形，他們是被九陰之泉吸收到這個世界的受害者。他們比獵屍人的命運更加悲慘，他們還沒來得及醒過來，就被獵屍人當成肉豬掛到架子上開宰了。

我向那些十字架走過去，看著其中一個架子上掛著的一具開膛破肚的新鮮屍體。這具屍體是一位壯年男子，體重至少在一百三十斤以上，身上很有肌肉。他的內臟都已經被取出來了，放在旁邊的一個木桶裏，他耷拉著腦袋，微閉著眼睛。

在那些木架子另外一端的地面上，支著兩口黑色大鐵鍋。大鐵鍋底下堆著的黑色木炭已經成了灰燼。

我走到大鍋前，低頭向大鍋裏看去，赫然看到，大鍋裏煮著人肉，其中一口鍋裏還漂著一顆被煮得皮層脫落的人頭。我雖然經歷過很多驚悚和恐怖的場面，此刻仍然感到一陣反胃，彎腰跪在地上嘔吐了起來。

冷瞳見到我的樣子，連忙走到我身後，小手幫我拍著背，滿心關切地問我怎麼了。

我一陣嘔吐完畢，感覺舒服了一些，抬眼看了看冷瞳，發現她居然一臉鎮定，似乎壓根兒就沒有注意到那些架子上被開膛破肚的屍體，更沒有看到鍋裏煮著的斷臂殘肢和人頭。我不禁有些困惑。

我蹲在地上，深吸了一口氣，皺眉問道：「冷瞳，難道你看到這些東西就不害怕，不會反胃嗎？」

「害怕？」冷瞳好奇地看著我，「他們都已經死了，不能動了，有什麼好怕的？」

我苦笑了一下，站起身指了指鍋裏的東西，問她道：「這個難道你不感到噁心嗎？」

「什麼叫噁心？」冷瞳眨眼問道。

「就是想吐。」

「沒有，我從來都沒有過這樣的感覺。」冷瞳伸頭看了一下鍋裏那些亂七八糟的碎肉和殘肢，只是點了點頭道：「看來他們就是吃這些東西的。」

我實在是有些無奈了。冷瞳的心靈太純淨了，正所謂無知無畏。這時，我心裏對獵屍人產生了極度的厭惡和憤恨。

我緩緩地轉身，冷冷地瞪著那群背對火堆、喘著粗氣的獵屍人，慢慢地分開屍魁群，走到了獵屍人面前。

那些獵屍人看到我，也察覺出來我就是屍魁的頭領，他們似乎記起來了，我就是前段時間被他們打傷、死裏逃生的那個人。

林李看清我的臉時，雙眼猛然大睜，愣住了，臉色一沉，雙眼放出一抹怨毒的光芒，沙啞著聲音冷哼道：「原來是你，我真不該讓你逃掉，哼！」

「是嗎？」我臉上浮起一絲嘲弄的笑容，雙手抱胸，淡淡笑道：「你確實不該讓我逃掉。但是，現在你後悔也沒用了。而且，我不會像你那樣沒用，讓一個已經到手的獵物逃掉。」我抬起手，冷冷地指著他們說道：「你們每一個人，都休想逃掉！」

「媽的，跟他拼了！」一個面相凶惡的獵屍人大罵一聲，掄著石斧向我衝過來。

我冷笑一聲，一腳踹到他的小腹上，將他踢飛起來，他的身體飛過了獵屍人的頭頂，落進了後面的熊熊火焰之中。

「撲——」一聲悶響，獵屍人一落下，凶猛的火焰瞬間將他的吞沒，一大片火星隨風飛散。

「啊——啊——」那個獵屍人在火堆中號叫著，滾趴著，掙扎著站起身來，拖曳著一身烈火飛撲出來，又滾倒在地，號叫幾聲後，就徹底不動了，變成了一具皮乾肉脆的烤屍。

四周的屍魁被屍體的肉香吸引，一哄而上，不過片刻工夫，已經將那個獵屍人撕扯得片片碎裂，只留下了幾根白骨和一灘血水。

見到這個情景，他們終於感到了害怕，不禁渾身哆嗦著，眼神也飄忽起來。他們似乎想逃跑，但是又不敢妄動。獵屍人都向林李望了過去。

有人輕輕說了一句：「老大，投降吧，他是人，不會把我們吃了的。我們投降吧，認他當老大，大家或許還有命活下去。」

林李的臉上青一陣白一陣，肌肉扭曲著，好半天之後，才緩緩踏前一步，面向我站著，冷聲問道：「你到底想怎樣？」

「九陰之泉在哪裡？」我淡淡問道。

「在最後面那間屋子裏，那裏有個洞口可以通下去。你到底想要怎樣？」林李看著我問道。

「關於九陰之泉，你到底知道多少？我想聽你說說。」我從背包裏掏出一根菸，就著旁邊的火焰點著，一邊抽一邊瞇眼看著林李，說道：「如果你的話能夠讓我滿意，我可以考慮放了你們。」

「你想要我說什麼？那鬼泉水，我也不知道是怎麼回事，我們都是從那個泉水裏爬出來的。」林李滿臉擔憂地看著我。

「嗯，你們整天和這個鬼泉待在一起，難道你們就一點兒都不好奇，一點兒都沒有想過要探究它的秘密嗎？這麼長時間，難道你們真的什麼都沒有發現嗎？」我有些氣憤地問道。

林李不敢再說話了。林李身後的那些獵屍人卻交頭接耳，互相低聲商量了起來。很顯然，他們並不是沒有任何發現。

我一拍手道：「誰能告訴我關於九陰鬼泉的事情，我立刻放他走，而且還可以讓他帶走一個女人。」

重賞之下，必有勇夫。果然，聽到我的話，立刻有一個人走了出來，說道：「我知道！」

「好，你說。」我夾著菸的手朝他一指道。

「那個泉水是直通幽冥地獄的，那裏面長出來的人，都是投胎的時候走錯了路，掉進了忘憂河裏，然後就從泉水裏飄了出來。」那個獵屍人兩眼放光地看著我，非常堅定地說道。

顯然，他對鬼泉也是非常好奇的，所以，他自己推測了這個結果，可惜的是，他的推斷是錯誤的。

我冷冷一笑，看了看他，搖了搖頭。

那個獵屍人臉色一變，驚恐地說道：「你，你別殺我，我，我雖然是瞎猜的，但是，這也是我費了很久的力氣才猜出來的。你，你，你不能不講信用。」

「呵呵，我還沒有卑劣到不講信用的程度。」我將冷瞳拉了過來，對她低聲耳語了幾句。

冷瞳微微點了點頭，招手讓那些屍魁從角落裏拽出了一個女人，推到那個獵屍人面前，一揮手，讓屍魁給他們讓開了一條路。

那個獵屍人喜出望外地一把抓起那個女人的手，拖著她就拼命地向外跑去，很快就消失了身影。

見到我果然講信用，餘下的獵屍人都滿心期待，很興奮地抬手道：「我也知道，我也有話要說。」

「好，你說。」我點著手指，讓他們一個個都說了出來。

讓我感到失望的是，這些獵屍人對於九陰鬼泉的解釋，比先前那一個獵屍人的話更加玄幻離奇。他們甚至把九陰鬼泉想像成了大地鬼母的陰門，說那些從鬼泉裏生出來的人都是大地之子，是地氣鬱結的結果，我簡直笑得腰都直不起來了。

我打斷了他們的玄幻大作精彩演繹，轉身對冷瞳有些失望地嘆了一口氣，搖搖頭道：「都沒有用，全部都殺掉吧，留著是禍害。」

冷瞳點點頭，揮手就準備讓屍魁對獵屍人發起進攻。

那些獵屍人臉上浮起驚恐和憤怒的神色，不禁隔著屍魁之牆，跳腳對我大吼道：「喂，你，你怎麼不講信用，喂喂，你不能殺我們！」

「對你們這些比厲鬼還噁心的人，我需要講信用嗎？」我凜然轉身，冷眼皺眉喝問道。

正在叫囂的獵屍人都靜了下來，兩眼怔怔地看著我，滿臉心虛的表情，不敢再說話了。

我冷笑一聲，轉身準備離去，林李卻大喊道：「方曉，你說誰比厲鬼還噁心？」

我冷冷轉身看著他，皺眉道：「你覺得我說錯了？」

「哼！」林李眼角抽動著，臉上的表情很痛苦，說道：「你以為我們喜歡吃屍體？你以為我們喜歡殺戮，喜歡迫害自己的同類嗎？那麼我問你，如果你是我們，你又要怎麼做？這個地方，除了屍體還是屍體，根本就沒有別的東西可以吃。我們不吃屍體，又要怎樣才能活下來？任何人都不想死，我們也是被逼無奈的。我們能這麼頑強地在這個暗無天日的鬼地方活下來，我們為自己的堅強毅力感到自豪！自豪，你懂嗎?!所以，我要告訴你，我們不噁心，噁心的是你！你，這個外來者，連狗屁都不懂的外來者才是真正噁心，你有什麼資格評論我們？你算老幾？」林李越說越激動。

「我告訴你，我們能活這麼久，已經賺到了，現在就算你殺了我，我也無所謂，老子早就活膩了。你可以殺我，但是，你絕對不能詆毀我們獵屍人的榮譽，我們也是在血與火之中頑強活下來的！」林李義憤填胸地振臂高呼道。

我心中暗暗感到震撼。他的話很有感染力，其他獵屍人也跟著他振臂高呼起來。這時，喪失了自信和希望的獵屍人，儼然又都活了過來。林李的確是一位有才能的領導者。

我淡淡一笑，揮揮手道：「既然你不怕死，那麼，一開始就應該活活餓死才對。你覺得你們有多偉大？你們為了苟活，連屍體都吃，早已經喪失了人性和尊嚴。你們早就該死！現在，我就替天行道，早早了結你們，讓你們早點托生！」

獵屍人又靜了下來。他們知道，這一次，他們的命運是注定了，逃不掉了。他們剛毅的面龐上，掩飾不住對死亡的恐懼。

「方曉，我和你拼了！」林李勃然大怒，操起石斧，咬牙切齒地想衝上來，但是他一躍而起之後，就被一群屍魁撲倒在地，片刻之間化作一灘血水和白骨。

見到林李的慘狀，其他獵屍人徹底失去了希望，滿臉死灰一般，都丟掉了手裏的武器，癱倒在地，絕望地望向頭上黑漆漆的天空。他們可能到死都不明白自己錯在哪裡，又為什麼會遭遇這樣怪異離奇的人生。

「哥哥。」冷瞳輕輕走到我身邊，非常溫柔地拉起我的手，仰頭看著我，哀求道：「要不，我們還是辦完事情就走吧。他們也不是故意要這樣做的，我們就把他們放了，好嗎？」

我心裏一驚，忍不住脫口而出道：「他們可是吃了你的父——」話說到一半，我又硬生生停了下來。

「哥哥，他們吃了我的什麼？」冷瞳疑惑地問道。

「噢，沒什麼。」我捏捏冷瞳的小手，「好吧，小丫頭，既然你不忍心殺他們，那就把他們放了吧。走吧，我們趕緊去看看那泉水到底是個什麼樣。」

「嗯，好的，哥哥，我們一起去。」冷瞳親暱地拉著我的手，和我一起向營地角落的黑漆色木屋走過去。

我們正好經過那群被屍魁包圍起來的女人旁邊。我瞥眼看了一下那些女人，發現她們大多衣不蔽體，蓬頭垢面，滿臉驚恐。

顯然，她們很害怕，而且，她們絕對是無辜的受害者。她們和那些獵屍人不同，她們只是奴隸，除了要忍饑挨餓，每天幹粗活，還要遭受那些獵屍人的蹂躪。她們才是真正的可憐人。

冷曈有些黯然地停下來。我無奈地嘆了一口氣，說道：「這個事了結之後，我會妥善安排好她們的。這個你儘管放心。」

「嗯。」冷曈看著我，很欣慰地點了點頭。

進入黑色木屋後，我們看到屋子中間的空地上有一個冒著黑氣的洞口。洞口四周的土壁很乾燥結實。

從洞口進去，是一條斜向下通的土質坑道。坑道的地面已經被踩爬得非常堅硬平滑，這一點，足以證明那些獵屍人確實在這條坑道裏爬過無數回。

坑道不足一人高，我只能半蹲下來往前走，冷曈倒是正好可以站直身體，但是因為坡度的原因，她也微微蹲了下來，一點點地向下滑去。

我從背包裏取出一盞手電筒，打開來。冷曈不禁很好奇，問我那是什麼。我微微一笑，細細地給她講解手電筒的原理。

傾斜的土質坑道有些深，足有幾十米高。我們一路滑到最底端，從坑道裏跌飛出去，進到了一個陰風刺骨的地下洞穴。

際。

洞穴很大，我們四下看去，除了背後的土質峭壁，其他地方壓根兒就看不到邊際。

我們打著手電筒，沿著地面上一條被踩出來的硬土路向前走著，很快就來到了一個黑色的峭壁之前，這才發現，原來這個洞穴之所以看不到邊際，是因為它的四周都是這種黑色石壁。

峭壁底下又有一個黑色洞口。我和冷瞳拉著手走了進去。一陣陰冷森寒的黑風襲來，我們不由得打了一個寒戰。

又向前走了七八丈之後，我們只覺眼前豁然開朗，黑色石洞到了盡頭，我們又進入了一個地下空間。我們抬起手電筒照去，驚得連氣都喘不過來了。

地面高高低低，峰壑溝巒縱橫，非常崎嶇不平。構成這些起伏地形的東西，並非是岩石泥土，而是屍骨！

氤氳盤旋的腐臭氣息瀰漫整個空間，白骨累累，瑩瑩磷火一片森白慘綠。火螢亂飛，碎髮飄舞，這是名副其實的屍山骨海！

成堆的白骨之中，還有一個個完整的骷髏頭，張著一雙黑洞的大眼窩，緊咬著兩排牙齒，似乎面帶嘲弄地看著我們。

這個場面讓我有些始料未及，冷瞳也緊張地攥緊了我的手。小丫頭雖然見慣了腐屍，但是，現在猛然面對這麼多白骨，也不禁感到驚悚。

「冷瞳，別怕。」我輕聲安慰道，「想必九陰之泉剛開始的時候，並不具備完善的吸收和複製功能，所以，這些人被吸收過來之後，就死在了這裏，所以堆積了這麼多屍骨。」

「哥哥，我不怕。」冷瞳的聲音有些低沉。

我這才放下心來，鬆了口氣，接著拉著她，沿著屍山骨海中央被踩出來的、佈滿細白色腐朽骨渣的小道，一路向前走去。

「這裏再向前去，應該就是九陰之泉了。」我低聲說著，心情緊張。終於要見到傳說中的九陰之泉了。我真的很好奇，它會是個什麼樣子。

我們走到了屍山骨海的最中央。這裏果然有一口漆黑如墨的泉水。泉水不是與地面平齊的，而是在一個巨大的漏斗的底部。我們正好站在巨大漏斗的邊緣。

我目測了一下，大漏斗直徑足有四五十米，深度應該也接近五十米，屍山骨海，一直延伸到漏斗邊緣，還進入了漏斗之中。漏斗的四壁上爬滿累累白骨，乍一看去，不像是那些屍骨往漏斗裏滑落，反而像是在往外爬動。

我們低頭看腳下，這才發現，屍骨堆中被清出了一條小階梯，能通到漏斗底部。我們手拉著手，沿著窄小的階梯，一路來到底部，期盼已久的九陰鬼泉這才近在眼前。

我們都感到很失望。因為，九陰鬼泉非常小，整個水面只有兩米見方，而且水面非常平靜，並沒有飄蕩著什麼血肉和人體。

我有些好奇地拿起地上一條長約半米的大腿骨，伸進黑色的泉水中攪動了一下。不料，這麼一攪，水面不是像普通泉水那樣濺起水花，發出聲響，居然如同擁有知覺的軀體一般，黑色的表面一陣陣顫動起來。

突然，我手裏的大腿骨一滯，似乎碰到了什麼東西。我連忙彎腰蹲下來，把那個東西撥弄到面前，將手電筒卡到旁邊的屍骨堆中，讓手電筒光芒正好照著那片黑色池水。然後我撿起另一根大腿骨，示意冷瞳退後，用兩根大腿骨小心翼翼地把水裏的那個東西夾了上來。

「撲——」一聲輕響，一大團被黑水包裹著的軟軟的東西，被我扔到腳邊的屍骨堆上。

那團東西上面的黑水一點點退去，我們這才看清，那是一大團由紅色肉絲組成的肉球。

這個肉球看起來只有十幾斤重，卻已經初具人形，長出了一個圓形肉頭，以及五指模糊的軟體四肢，而且，在肉球的中間還有一條黑色紐帶，一直伸到黑色的泉水裏，如同嬰兒的臍帶一般，正在「汩汩」地向肉球裏輸送著血水。

這時，我不用瞇上眼睛，也能清晰地看到瀰漫在空間中的陰魂怨氣。那些怨氣四下飄飛，時而形成一團黑雲，時而又散開成一大片稀薄的灰色，就如同一大片出洞覓食的黑色蝙蝠一般。

它們遮蓋了上空，形成了狂風呼嘯一般的氣勢。我不得不慶幸那些陰魂怨氣的和善和馴良。自從進到這裏，它們還沒有對我們發動攻擊，甚至就像看不到我們一般。

那團肉球如同胎兒一般，臍帶與九陰之泉相連通，不停地汲取養料，不停地生長著。只不過，養料的來源並不是九陰之泉，而是來自另一個世界的另一個軀體。

「吡——」一聲輕響傳來。血紅色的肉球如同一條巨大水蛭一般，從肚子裏噴出了一道黑水，接著竟然緩緩地舒展開軀體，變成了長條形的肉條血塊，還用它那尚不成形的柔軟四肢不停地扒著地面，蠕動著身體，竟然想要返回到泉水之中！

我一陣頭皮發麻，全身暴起一層雞皮疙瘩，心都揪到了一起。

「嘿！」那團血肉模糊的東西爬到我腳邊的時候，我居然一抬腳，踩到了它的背上，把它踩得血水迸射。

它的紅肉向四周鼓起，漲得猶如一隻血紅色的游泳圈一般，然後「啵」的一聲，炸開了一個裂口，一大灘血色淋漓的碎肉血腸猛地從裂口擠出來，堆到地上，發出刺鼻的腥臭。

「哥哥，你幹什麼？為什麼要殺它？」冷瞳的話猛然將我驚醒。

是的，這玩意兒並不是怪物，它其實是一個人類，只是它還沒有長大而已。可是，為什麼它向我腳邊爬過來的時候，我卻感到如此恐怖噁心，居然下意識地將它踩死了呢？

我低頭怔怔地看著那一灘血肉碎亂的東西，心裏一陣反胃，也感到極度的好奇和疑惑。我想像不出，到底是怎樣恐怖的風水格局，可以製造出如此怪異的東西呢？我感到一片迷茫。

我深吸一口氣，把腳從那團血肉上移開，抬眼和冷瞳對望了一下，無奈地搖了搖頭，苦笑道：「沒想到那些獵屍人所說的話，居然是真的。」

冷瞳也微微皺起眉頭，隨即像是覺察到了什麼，緩緩地轉身向後看去，接著猛然後退了好幾步，小臉上滿是驚恐。

我好奇地轉身，用手電筒向泉水照去，不禁頭皮發麻，下意識地向後退了好幾步。

「哥哥！」冷瞳尖著嗓子叫了一聲。

「別怕，冷瞳，別怕！」我知道她是被嚇到了，一伸手把她拉了過來，護在懷裏，讓她的小臉貼著我的胸口，不去看那些東西，這才讓她鎮定了一些。

「哥哥，那是什麼？」冷瞳伏在我的懷裏，瘦削的肩頭還有些顫抖。

「全都是被複製過來的人，只是都還沒有長大而已。」我嘆了一口氣，「應該是剛才我把那個肉球給踩死了，引起了泉水的反應，所以泉水的水面就下降了，露出了這些東西。這泉水像是活的，它是母體，那些肉塊上面的繫帶確實就是臍帶，連接在泉水的四壁上。我把那個肉球踩破的時候，泉水感到了疼痛。這些東西都還沒長大，沒有什麼危害的。」

「可是，為什麼我看了之後，會感覺很害怕？我全身都發麻了。」

我在心裏嘆了一口氣。冷瞳的反應是很正常的。她應該是有很嚴重的密閉恐懼症。

泉水的水面降低了大約兩米，露出了一截泉壁，上面居然密密匝匝、鼓鼓囊囊地佈滿了一個個大小不一的血包。

那些血包大的像西瓜，小的只有拳頭大，圈裏顏色深淺不一，有的發白透紅，有的發紅露白，看上去就像肉瘤一般，噁心又恐怖。在那些肉瘤的中間，還夾雜著一些素白色的、皮薄體軟、身上血管清晰可見的人類軀體。

那些人類軀體半身陷在泉壁裏，只有腰部之上才伸在外面。原本那些人體是泡在黑色的泉水之中的，因為有了泉水的浮力，身體不會向下傾斜，不會折斷他們的脊椎。但是，現在泉水退了，於是那些軀體就變成了兩手向下低垂著，頭上的黑髮晃蕩著，死人一般地趴在那些肉團上。

看著這個四壁肉瘤遍佈、乳白軀體橫生的泉水，我只感到胃裏一陣翻江倒海，終於忍不住一側身吐到了地上。

冷瞳連忙又過來幫我拍背，滿臉關切地看著我。我抬頭看著她，有些尷尬地苦笑。這個時候，我真的是有些佩服冷瞳了。這小丫頭居然只是害怕，不會噁心。

「哥哥，我們現在怎麼辦？要不要——」冷瞳緊皺著眉頭，蹲在我旁邊，欲言又止地看著我。

「要不要什麼？」我有點艱難地喘息著問道。

「要不要到井底下看一看？」冷瞳問道。

「哦——」我乾笑了幾下，心裏卻已經投降了。我連死都不怕，但是我真的害怕這口井。這口井不光是詭異恐怖，最重要的是它太噁心了，我真的受不了。

「小冷。」我站起身，擦了擦嘴，輕輕攬著冷瞳的肩頭，皺眉道：「咱們已經算完成任務，井底就不用去了，我們走吧，這裏沒什麼好看的了。」

「我們真的可以走了嗎？」冷瞳興奮地問道。

「我含笑對她點點頭，側頭再次瞥了一眼那血肉累累的泉壁，再次感覺全身一陣噁寒，果斷地一拉冷瞳的手，轉身向來路走去。

就在我們沿著巨大漏斗壁向上登了一丈高時，忽然聽到下面有一陣「咕嘟嘟」的水聲，我們回頭用手電筒一照，赫然發現，降下去的泉水竟然上漲了，而且還漫溢出井口，越漲越高！

第九十八章

迷魂大法

我們所在的石洞正在變小，兩側的石壁正在向中間靠近。
一時間，我懷疑我們是不是中了九陰之泉的迷魂大法了。
不過，我已經沒有時間去思考原因了，
我們必須在石壁將我們夾成肉餅之前，從這個坑道裏逃出去。

就在我們正在遲疑時，黑色的泉水已經漲到了離我們腳下不到一米的地方了。

「快走，要漫上來了！」我連忙一拉冷瞳，沿著白骨階梯快速向上跑去。

「咕咕咕咕——」泉水像洪水暴發一般，升騰的水面緊跟著我們的腳步。

我們從巨大的漏斗裏爬了出來，回頭一看，只見漏斗裏已經盛滿了黑色泉水，一池泉水的面積超過了籃球場。泉水水面上升到漏斗邊緣時，居然停下來了。但是，泉水的活動卻剛剛開始。

我們站在距離漏斗邊緣不遠的一處白骨小山上，清楚地看到，泉水表面捲起了一圈圈波浪，中間開始出現了一個深深的漩渦。

隨著漩渦變大，吸力變強，漏斗中的黑水隨著漩渦一點點地向下降去，最後發出「咕啦啦」的巨大響聲，所有黑水又重新歸入那個泉眼中了。

泉水重新縮回的時候，捲走了很多骷髏白骨。那些白骨都跟著黑水進入了泉眼。接著，劇烈撞擊的聲響從漏斗底部傳出來，似乎有一輛火車正在開過似的。

當我抬起手電筒向泉眼照去時，赫然看到無數白骨好似炮彈一般，從泉眼裏飛射出來，有的豎直向上方飛衝，有的向側面飄去，一時間漫天白骨紛飛，暴雨豪雪一般劈頭蓋臉地向我們身上砸來。

我這才想到，或許這個地下空間之所以佈滿累累白骨，就是因為在一段很長的時期裏，有可能從九陰之泉剛形成時起，九陰之泉一直就處於這種暴虐的噴發狀態。而那些已經化為白骨的人，也很有可能一開始從九陰之泉裏出來時原本活著，然後被如此凶猛的噴發拋飛到數十米高空再摔死了的。

九陰之泉就像一座活火山，隨時都會噴發，荼毒大地，唯一不同的是，火山噴發出來的是岩漿，而九陰之泉噴發出來的是白骨和屍體。

九陰之泉應該是一種擁有智慧和自我防衛意識的怪異存在。現在，它之所以會這麼大規模噴發，我相信，就是因為我把那個肉塊踩死了，讓它以為有人要攻擊它，它為了自保，就使出了護命殺手鐧，先是水漫金山，又形成漩渦把四周的白骨都吸收進去，然後炮彈一般猛烈噴發出來，對襲擊它的人進行攻擊！

「劈劈啪啪——」漫天白骨劈頭砸下，很多大塊腿骨落下，砸到地上成了一大堆碎骨。

「哥哥——」冷曈焦急地拉著我的手。

我這才從沉思中驚醒過來，連忙一拉她的手，轉身拼命逃跑。

「砰砰砰——」我們逃出了很遠之後，還能聽到後面猶如放煙火一般的聲音不停傳來。鬼泉的噴發一發不可收拾。看來，剛才我真的把那眼鬼泉給惹怒了。

我們攜手跑到那堵黑色石壁前，卻發現洞口的形狀居然已經改變了！我們進來的時候，洞口是拱形的，很寬，現在洞口明顯變窄變狹長了，洞口頂端只有一條線。好在那條線往下慢慢延伸開來，還有一個通道。

冷曈緊緊地抓住我的手臂，滿臉疑惑的神情。

「不用怕，沒事的。」我小心安慰她，緩緩掏出了陽魂尺，領著冷曈來到洞口，仔細查看。

洞口邊沿的石頭表面居然形成了類似人的皮膚的褶皺，感覺就好像石頭變成了肉質一般。我伸手摸了摸石壁，發現依舊堅硬冰冷，並沒有變異。

「沒事的，我們走。」我連忙一拉冷曈，拽著她衝進黑色洞口之中，拼命往外跑。

「咕咕咕——」一陣低沉的聲響傳來，震得我們頭腦發昏，我們停下腳步，抬頭一看，赫然發現兩側的石壁也產生了一道道褶皺和隆起，還在不停蠕動著，似乎活了一般。

「哥哥，洞口在縮小！」冷曈抓著我的手大喊。

我們所在的石洞正在變小，兩側的石壁正在向中間靠近。一時間，我有些懷疑，我們是不是中了九陰之泉的迷魂大法了。

不過，我已經沒有時間去思考原因了，我們必須爭取時間，在石壁將我們夾成肉餅之前，從這個坑道裏逃出去。

我們拼命狂奔，終於趕在石洞的縫隙完全合攏之前逃出了洞口。就算是我這個體力極好的人，也有些氣喘吁吁，更何況冷瞳這個小女孩，我們衝出洞口之後，都彎下腰來，兩手撐著膝蓋，大口喘氣。

我們休息了一會兒，我再回頭去看洞口時，裂縫合攏得更小了。

我們通過那條傾斜的土坑道，回到了地面上。我們走出小屋時，發現那些獵屍人還都被那些屍魁包圍著，一個都沒能跑掉。

見到那些瑟瑟發抖的獵屍人，冷瞳有些心軟地拉著我的手說：「哥哥，我們走吧，別管他們了，讓他們自生自滅吧。他們也挺可憐的。」

「嗯。」我不覺點了點頭，隨即又想起了一個事情，對冷瞳耳語了幾句。

冷瞳連忙點頭道：「這個簡單。」她走到那些獵屍人面前，向他們宣布我的命令。

那些獵屍人連忙跪地表示感激，接著慌張地一起向院子中間擺著的那幾口大鍋走過去，一起動手，將大鍋裏的人油都撈了出來，盛放到幾個大木桶裏。

幾個小時後，整整五桶純淨的屍油就準備妥當了。

在獵屍人漂選屍油的時候，我和冷瞳一起返回我降落到這個世界的地方，把那桶備用汽油和助力傘的螺旋槳找了回來。

我們回到獵屍人營地後，召喚來十幾匹腐屍戰馬，馱著我們的戰利品，勝利回程。冷瞳還是和我同乘一匹馬，她縮身在我的懷裏，似乎很享受被人保護的感覺。

我一手扯著韁繩，一手輕輕攬著冷瞳纖柔的腰肢，放眼四顧古怪樹林和荒蕪的黑紅大地。下一步，就是前往那個大黑山頭，去尋找當年藏起來的那架滑翔機了。

馬上就要離開這個暗無天日的世界了，我心中本該充滿興奮，但是此刻，忽然有一種迷茫和空虛湧上心頭。

我這一趟行程，瞭解到了自己的身世，還遇到了這個宛若精靈的女孩，現在，她願意跟著我走了，這個圓滿的結局，卻不能讓我的憂慮和困惑釋懷。

九陰之泉的謎題尚未解開，我只能猜測，那是一眼擁有轉換時空力量的詭異泉水。九陰之泉是活的，而且它的個頭還非常大，它的一端連接幽冥，另一端則製造出一個恐怖的世界。

在沒有親眼見到九陰鬼泉之前，我還想著要去破除它，讓它消失，但是，現在我明白了，這泉水根本不是我能夠消滅掉的，至少這一次不行。

我這一趟行程，收穫就是讓我之後的行動有了方向和目標。我有的是時間，我還會回來的，總有一天要把九陰之泉的問題徹底解決。

如果時間拖得太久了，會拖累姥爺，會救不了他。但是，只要我能夠把這害人的鬼泉消滅掉，就算姥爺先去了，他泉下有知，也會為我感到開心的。

想到這裏，我的憂慮總算有了一點釋放，我一邊催動腐屍戰馬前進，一邊輕快地哼起了小曲兒。冷瞳很有興致地拍著小手。

「蟲兒飛，蟲兒飛……」我用心感受著這一刻的溫存，我發現，我居然對這個世界還有些留戀。

不久，我們就到達了大黑山腳下。我們仰頭向山上看去，赫然發現，大黑山的山峰並非只有一座，而是有兩座。

兩座山峰相隔並不是很遠，也就是幾公里的樣子，而且大小和形狀都差不多。之前我之所以只看到一座山峰，是因為兩座山峰的影子重合了。

我們沿著山腳轉了半圈之後，在一處峭壁底下，發現了一個黑魆魆的大洞口。洞口堆放著一些乾枯的樹枝，是刻意用來堵住洞口的。洞口足有三四丈高，寬度也有四五丈，形狀呈扁圓形。

我們一起下馬，查看了周圍的情況，發現沒有什麼異常，這才分工忙活起來。我讓冷瞳召喚來一些腐屍，把洞口的枯枝清理開來，把道路修整平坦了。我則把馬背上的屍油卸下來，這才打著手電筒，和冷瞳一起向巨大的洞穴走去。

「呼呼——」猛然有一股黑風從裏吹了出來。

「好一個黑風洞。」我淡淡地說。

「哥哥，什麼是黑風洞？」冷瞳好奇地問道。

「噢，那是《西遊記》裏的故事，以後有空我再講給你聽，我們現在先忙事情吧。」我捏捏冷瞳的鼻子說道。

「嗯，好的。」冷瞳很乖巧地點了點頭。

我們已經深入洞穴幾十米了，這處天然岩洞裏很乾燥。到了洞穴底部，我看到了一架渾身落滿灰塵的小型滑翔機。

見到滑翔機的一剎那，我難以抑制地激動起來，怔怔地拿著手電筒照著，整個人都愣住了。

這架滑翔機的模樣，和我在無底深淵裏做夢時見到的那架滑翔機完全一樣。高度只有四五米，長度六七米，除了發動機和螺旋槳，都是木質的。滑翔機的機翼是雙排的，機體上落了一層厚厚的灰塵。

「哥哥，這是什麼呀？」冷瞳問道。

我這才回過神來，開心地一把將她抱起來轉了一圈，說道：「冷瞳，這就是哥哥要找的飛機。我們只要坐著這個東西，就可以飛上天，離開這個地方了。」

「啊，哥哥，這個東西會飛嗎？」冷瞳有些不敢置信地皺起了眉頭。

「一定可以的，你看我的就好了。」我捋了捋袖子，讓冷瞳幫我打著手電筒照亮，我跑到飛機底下檢查了一番，發現機身除了肚子上被撞破了一個洞之外，基本上都是完好的。

我更加興奮了，連忙打開艙門，查看機艙裏的情況，發現裏面的設備也都很完好，雖然我都不認識，不過，至少它們沒有破損，這說明它們還可以正常使用。

我心情激動地坐到機艙的駕駛位置上，拿起頭盔戴到了頭上，看著面前的那些儀表和按鈕。操作面板上的按鈕非常多，我看了大半天之後，只認出一個開機按鈕。我不禁一陣鬱悶無奈，失望地嘆了一口氣，很不甘心。

「哥哥，你怎麼了？」冷瞳爬到機翼上，站在座艙外面，看著我問道。

「沒什麼。」我的情緒平復了一些，有些愛憐地將她拉進來，讓她坐到我的腿上，輕輕攏著她的肩頭，說道：「哥哥遇到麻煩了。」

「什麼麻煩，哥哥你說說看，說不定我可以幫你。」冷瞳的小臉轉向我，吐氣如蘭地說道。

「你幫不了的，哥哥不會開飛機。」我苦笑道。

「開飛機是什麼？」冷瞳好奇地問道。

「嗯，就是操控這架飛架飛到天上去，哥哥沒學過。」我解釋道。

「這個很難嗎？」她問。

「是的，需要專業培訓才可以，而且要培訓很長時間才能學會的。哥哥雖然找到了飛機，卻飛不出去。哎——」我長嘆了一口氣，輕輕捏捏冷瞳的小臉道：「看來這是老天爺不想讓我離開這個地方啊，是要讓我留下來陪你在這裏生活。怎麼樣，你開心不？哥哥走不了了，也沒法把你帶走了，我們要在這裏過一輩子了。」

「我不開心。」冷瞳卻定定地看著我，「哥哥，我不開心。」

「為什麼不開心？」我好奇地問道。

「因為你不開心。」冷瞳說道。

「我不開心，為什麼你就不開心了？」我更加好奇。

「不知道，總之，你不開心，我就難受，我喜歡你開心的樣子。」冷瞳扭著小屁股，從我的懷裏站起來，滿眼好奇地看著按鈕遍佈的操作面板，愣了半天，說道：「我看不懂這些東西。」

我站起身，輕輕拍了拍她的肩膀道：「好了，車到山前必有路，我們先把這飛機上面的灰塵打掃一下，把油箱加滿，然後再試試能不能把它啟動起來。說不定隨便亂按一通，也能飛起來呢？」

我們花了一個小時，才算把那些灰塵都打掃乾淨。我又回到座艙裏，準備把一些不必要的東西清理掉，儘量減輕重量。

就在我清理東西的時候，居然有了一個重大發現，我找到了一個工具箱，裏面有一本飛行手冊。我不禁滿心激動，連忙讓冷瞳打著手電筒照亮，對照著操作面板，把飛行手冊看了一遍。

看完之後，我已經大概知道怎麼駕駛飛機升空了。不過，為了確保飛行順利，我又將飛行手冊看了好幾遍，直到完全熟悉操作流程之後才停了下來。

冷瞳一直在旁邊聽我指點操作面板上的按鈕，居然也已經知道怎麼駕駛飛機了，這不得不讓我對她刮目相看。這小丫頭的靈性不是一般的高，她實在有著不可思議的天賦。

我們一起把屍油搬了進來，每一桶屍油都用一些汽油摻兌，接著倒進了飛機油箱裏。加滿油之後，我激動地拉著冷瞳一起坐到座艙裏，幫她繫好安全帶，戴上頭盔。

我有些緊張地按動了開關，開始試機。

「嗒嗒嗒——唔——」飛機的螺旋槳順利地轉動起來，機翼上的指示燈也亮了。我連忙按輕輕拉動飛機的操控桿，向洞外行駛。

「唔唔——」螺旋槳高速旋轉，在洞穴裏捲起了漫天塵土。塵土飛揚起來，紛紛灑灑地落到我們頭上。

我這才注意到，我因為過度激動和緊張，居然忘記把機艙蓋子拉上了。我不禁失笑，連忙把機艙頂蓋拉上，然後一拉操控桿，衝出了洞穴。

飛機發動機轟鳴，在坑窪的地面上劇烈顛簸著，一路向前行駛，卻一直都沒有飛起來。

我開始著急了，不知道到底出了什麼狀況。而且，飛機前方的道路已經快到盡頭了，馬上就要衝進樹林了。

我的冷汗都流下來了，不禁拼命拉動操縱桿。「你倒是飛啊！」我焦急地大叫起來，雙腳拼命踢著操控底板，緊張到了極點。

「哥哥！」

「怎麼了？」由於螺旋槳的聲音太吵，我們只能扯著嗓子說話。

「你沒有打開三檔加速，它飛不起來的！」冷瞳大聲喊道。

「啊？」我不禁臉上一熱，猛地一拍腦袋！

飛機的三檔加速開關打開後，我緩緩拉動操縱桿，終於，在飛機馬上就要撞進樹林的時候，順利地將機身拖離地面，緩緩向天空升上去。

「嘩啦啦——」飛機快速掠過了紫黑色的樹林上空，強勁的氣流衝擊讓樹木都劇烈搖晃起來。

終於要離開九陰鬼域了，我心頭一陣興奮。但是，我也知道，此時高興還為時尚早，因為，前方還有雷鳴電網和龍捲颶風。能否安全穿過，還是一個未知數，還要靠運氣。

我雙手握著操縱桿，緩緩推拉。飛機一邊爬升一邊加速，速度越來越快，我們坐在機艙之中，明顯感覺到超重狀態的窒息感和壓抑感。

我感覺好像有人在我身上壓了一塊石頭，連喘氣都變得困難起來。但是，我知道，要是飛機不能爬升到一定高度，我們根本無法離開這個世界。

因為，我發現在雷鳴電網的上方，雷電的密度有些稀。我們要想安全穿越雷鳴電網，唯一的方法就是拼命往上飛，從它們的間隙之中穿過去。

我也知道，雷電的根源無窮高遠的，我不可能真的飛到雷電的根源部位。雖然如此，我還是要儘量往上飛，因為，只有往上飛，我們才有希望！

這個時候，我的腦海中接連不斷地出現了一個個熟悉的畫面，一張張熟悉的面孔。

我在回憶自己這十七年的短暫一生。這一次我終於見到了我親生父母的樣子，早在我駕駛助力傘進入無底深淵之前，那個站在大壩上方看著我的女人，就是我母親的英魂。我也確信，我在夢境中見到的那架滑翔機，定然是母親的英靈在指引我，她想告訴我當年的事情，她已經認出我了。

「小子，苦海無涯，回頭是岸！哈哈哈哈！」猛然傳來一聲震耳大喝，猶若天神之音，振聾發聵。

我向前看去，只見深暗的穹窿之中，一圈又一圈的螺旋正在向我們包圍過來。

「冷瞳！」我咬牙皺眉向身側座位上望去，卻驚得差點鬆開了手裏的操縱桿。此時，冷瞳的座位上空空如也，只剩下一團陰冷無比的黑氣。黑氣如同章魚一般，緊緊爬縛在座椅上。

「冷瞳！」我再次大叫。

「你是在叫我嗎？」一隻細白的手放到我的肩上。

我怔怔地回身看去，看到一個女人站在我身後。她面色溫婉和善，長髮披散，面帶笑容，上身穿著白色襯衫，下身是棕黑色長筒帆布褲子。

「你，你，你，媽——媽——」我怔怔地望著這個女人，哆嗦著說道，手不禁鬆開了操縱桿，向女人的手握去。

「嗯，好孩子，乖。」女人面色慈祥地微笑著，緩緩將我攬進懷中，在我耳邊低聲說道：「好孩子，這裏有什麼不好，為什麼要離開？媽媽希望你留下來，留下來，留下來——」

溫和慈祥的聲音，一點點地滲入我心靈的深處，我的意識有些迷糊，有些困倦，不知不覺閉上了雙眼。

「乖，你要留下來，留下來，留下來，留下來……」睡夢之中，靡靡之音繼續傳來。

突然一陣猛烈的搖晃和震動，耳邊傳來了冷瞳的尖叫聲：「哥哥，快醒醒啊——飛機要摔下去啦！」

「啊？什麼飛機？」恍惚醒來的一瞬間，我居然忘記了自己在哪裡，還以為是睡在床上。

「哥哥，要拉操控桿啊！」冷瞳的聲音再次傳來，我的腦袋一下撞到了操控桿上，鮮血直流，猛然清醒過來。

我這才發現，我居然陷入了迷魂狀態，早已鬆開了操控桿，任由飛機在空中飄搖。我立刻又抓住了操控桿，將飛機重新歸回平穩狀態，這才長出了一口氣，側頭向旁邊的冷瞳看過去。

冷瞳的身影再次顯現了。只是，此時冷瞳的神情和狀態，讓我有些驚駭。冷瞳全身哆嗦著，蜷縮在座位上，臉上滿是驚恐。

「冷瞳，你怎麼了？」我努力平穩自己的心情，一邊繼續讓飛機向上爬升，一邊問道。

冷瞳顫抖地問道：「哥哥，你，你也看到了麼？」

「看到什麼了？」我訕笑道，「對不起，剛才哥哥有些犯迷糊，大概是這些天到處奔波，太累了。沒事的，哥哥不會再犯那樣的錯誤了。」

我一邊安慰冷瞳，一邊在心中暗暗起了疑惑。剛才那種狀態，我很清楚絕對不是我自身的原因，應該是外來的影響。但是，此時我們身在半空中，到底是什麼東西能對我的精神產生影響呢？

看冷瞳的狀態，很顯然，剛才她也受到了那種莫名的精神力影響，也看到了什麼。不同的是，當時我迷惑得比較徹底，而冷瞳則在看到一些幻覺的同時，還能保持清醒的狀態。也正因為如此，我們才勉強逃過一劫，不然的話，我真是難以想像，從幾千米高空一頭栽到地上會怎樣。

「哥哥，你有沒有看到？」冷瞳兩眼發直地看著前方，又問了一句。

「你看到什麼？」我按捺不住心中的疑惑，驚聲問道。

「我看到，看到媽媽，她，她就站在我旁邊，她抱著我，抱得很緊，她說她想我，她讓我不要走，不要丟下她。」冷瞳怔怔地看著前方，好半天才抬眼向我看來，突然抬手一指我的身後道：「快看，媽媽就在那裏，她在向我招手。」

我不禁全身一凜，知道她此時還處於幻覺狀態，連忙伸手按住她的手道：「你先坐好，你聽我說，這不是真的，這是幻覺。這片空域肯定有一些特殊的磁場，會對人的精神產生影響，讓人產生幻覺。」

「那飛機也是幻覺嗎？」小丫頭向飛機窗外看過去。

我好奇地向窗外看了一下，不禁愣了。我赫然看到就在距離我們不到五十米的地方，居然有一架老式雙排翼滑翔機正與我們比肩齊飛。

那架滑翔機的機身上爬滿了腐屍，機艙裏坐著一個身材高大的男人和一個穿著白色衣服的女人，他們的身邊還放著一個嬰兒搖籃。

「嗚哇——」我聽到了腐屍的淒厲叫聲，一頭高大壯實的腐屍猛地一個飛撲，趴到了那架飛機的機翼上，將飛機扒得左右劇烈晃動起來。

更多的腐屍一起跳到機翼上，使得飛機徹底翻了過去，向下直衝。下面是一片黑色樹林，那架飛機砸進樹林中，「轟隆」一聲巨響，爆發出一團耀眼的烈焰。

「哥哥，小心！」

我的心中升起了一種怪異的感覺，連忙扭頭向前看去，正看到那個黑髮披肩、穿著白色襯衫的女人，正虛空踱步，擋在我們飛機的前方。

「來吧——」那個女人平攤雙手，呼喚著我。我卻沒有勇氣開著飛機向她撞過去。

「哥哥！」冷瞳淒厲地叫了起來。

「這是幻覺，你小心點！閉上眼睛！」這時，飛機距離那個女人只有幾十米，眨眼將至。我一咬牙，一閉眼，向那個女人撞了過去。

我知道，那個女人雖然看起來很真實，卻絕對不是真實存在的，這一切都是幻覺。我不能被幻覺控制心志，所以，我要勇往直前！

「砰——」一聲沉悶的巨響傳來，機身一陣劇烈震動，似乎我們的飛機真的撞到了那個女人。

我猛然睜開眼睛，卻驚得全身都戰慄了。此時，在飛機前方，我面前那塊防風罩透明擋板上，居然真的趴著一個血淋淋的女人。女人的頭顱已經被飛機撞掉了一半，腦漿迸裂，甩得整個面板上一團血肉淋漓。

那個女人的臉貼著擋板，大睜著一雙眼睛，靜靜地看著我，她的一隻手臂戳進了擋板之中，就那麼血肉淋漓、骨頭森白地垂在我的面前。一滴滴鮮血落到我的手背上，很溫熱。

死亡極光

這種瀰漫在天空上的白色龍蛇狀光帶，只會在一個地方出現，
那就是極地，而這種光芒就叫極光。
但是，現在我所看到的極光，卻給我一種死亡的感覺。
在極光電離層的背後，一不小心就會粉身碎骨的雷鳴電網地帶。

我死死地盯著女人的眼睛，連呼吸都無法控制了。這個時候，我已經想退縮了。這種慘烈的情景居然如此真實。

「哥哥。」旁邊的冷曈伸手幫我拉住了操控桿，怔怔地對我說道：「你看到了嗎？它不想讓我們走。」

冷曈這個時候雖然還處於幻覺驅使下的半失神狀態，但是，她的話卻讓我瞬間明白了一個事情。

是的，自從我們的飛機起飛之後就開始出現的異狀，就是因為一個事情：它，不想讓我們離開這裏！

它是誰？它就是這個世界的締造者，就是那個以九陰鬼泉為中心，擁有時空之力的可怕生命體。

從我們進入這個世界開始，一切活動都是在它的體內進行的。我們從來就沒有離開過它的控制，而它也不甘寂寞，喜歡我們在這裏活動，喜歡我們留下來陪伴它。

它是一個奇怪的東西，它雖然度過了不知多長久的歲月，卻十分孤獨寂寞，它需要一些新鮮的生命來喚醒它的沉默。所以，它不想讓我們離開，它利用強大的生物磁場，對我們產生了一系列的恐怖衝擊。它想嚇住我們，它可以看透我們的內心，可以準確地找到我們的弱點。

就連我這個心如磐石的人，在它的強大精神攻擊之下，也已經亂了陣腳。至少，現在眼看著親生母親慘死在自己面前，永不瞑目的眼睛冷冷地盯著自己，我全身都顫抖起來了。這種與生俱來的血緣親情，令我的悲痛達到了極點。

這時候，我很想大聲吼叫，很想衝開一切，很想回到自己小時候生活的那個小山村，離開這一切紛亂和繁華，返璞歸真。

我非常自責，痛恨自己，自己為什麼要那麼多事，那麼好強，惹了那麼多麻煩。這一切肉體和心靈上的痛苦和折磨，都是我親手種下的因果，都是我應得的。

「哇哈哈哈———」一陣尖厲大笑聲猛然傳來。那個趴在擋風板上的女人突然又復活了，她鐵青著臉，猙獰地大笑著，血色淋漓的手臂猛然伸來，一把將我的脖頸掐住了。

「嘿———」女人咬牙獰笑著，雙眼放出凶光，將尖利的指甲挖進我的肉裏，掐緊了我的喉嚨。

我卻如同木頭人一般，大睜著眼睛，伸長舌頭，一動不動地坐著，雙手依舊死死地抓著操控桿。

「哥哥，哥哥！」冷瞳的聲音焦急地喊著，我感到冷瞳的手抓著了掐住我脖頸的那隻手臂，拼命地想拉開。

「嘿——嘿——」冷瞳雖然天生靈性極高，力氣卻不大，她根本就沒有辦法把那條手臂扯開。

我的心被撕裂了，感到無比痛苦，又對這個凶殘的世界充滿了憤恨。我那種與生俱來的不服輸的火爆脾氣被激了起來。

是的，它確實很強大，這裏是它的世界，它只知道利用人心的弱點，卻不知道，這種卑鄙的行為是多麼可恥和令人憤恨。那個犧牲自己的生命、將我護佑下來的親生母親，她在我的心中是多麼神聖完美的形象，我怎麼能夠容忍別人如此褻瀆她的形象？

它錯了，它錯就錯在，它雖然明白我的弱點，卻不知道，有時候，弱點也可以轉化為動力！

我猛地咬破舌尖，一口熾熱的純陽血氣噴灑而出，瞬間在我的面前形成了一片血霧。

「唔呀——」面前那個血肉淋漓的女人，在純陽血氣的噴灑之下，發出一陣淒厲的號叫，全身灼燒起黑色火焰，然後整個人向外一滑，瞬間化作一團煙氣，在空中漸漸飄散了。

我醒轉過來，看了一下四周，發現一切恢復了正常。

「冷瞳，坐穩了，我們再向上攀升一點，應該就差不多了。」我操控飛機向深遠的穹窿飛去。

這時的飛行高度已經比較高了，我們可以隱隱約約地在天邊看到一道道白亮如同大蛇的電弧光芒。

在正常的世界之中，這種瀰漫在天空上的白色龍蛇狀光帶，只會在一個地方出現，那就是極地，而這種光芒就叫極光。極光是非常美麗壯觀的。

但是，現在我所看到的極光，卻給我一種死亡之光的感覺。因為，我知道，在極光電離層的背後，就是一不小心就會粉身碎骨的雷鳴電網地帶。

「哥哥，你聽到了嗎？它還在呼喚我們。」冷瞳忽然說道。

我側頭看她，這才發現，她不知道何時居然摘掉了頭盔，正側身趴在座艙的窗戶上看著飛機後面。

「冷瞳，不要看了，都是幻覺，它的磁場很強大，你不要受它的影響。」我沉聲說著，一手抓著操控桿，一手抓住冷瞳的手。入手一片冰涼，我不覺眉頭一皺，緊緊地捏住她的手腕，手心一股純陽罡氣絲絲滲透。

果然，在我的純陽罡氣渡過去之後，冷瞳低沉地呻吟一聲，全身一軟，重新坐回到座位上，另一隻手拼命地推著我的手，想掙脫出去。

「唔——哥哥，我熱，好熱，我喘不過氣了！」冷瞳小臉通紅，緊皺著眉頭，痛苦地喊道。

「你現在清醒了嗎？」我大聲問道。

「清醒了，清醒了，你放開我吧！」冷瞳滿臉痛苦地叫道。

「那就好！」我鬆開了她的手，她全身軟軟地艱難地喘息著。

我微微笑道：「你看看遠處那些光芒，那就是我們要去的地方。我們只要穿過那個地方，就可以到達這個世界的邊緣了。我們現在基本超出了那東西的生物磁場控制範圍了。而且，前面有極光電離層，對它的生物磁場也有很大影響，它不可能再為難我們。」

我拉動操控桿，開始平飛，向著前方那一大片電弧死光衝了過去。

「好漂亮啊——」已經完全清醒過來的冷瞳，見到天空之中一道道或綠藍色、或紅粉色、不停晃動如蛇一般的巨大光帶，兩眼放光地讚嘆起來。

「哥哥，這是什麼？我以前從來沒有見過！」冷瞳拍著我的肩膀，著急地問道。

我無奈地嘆了一口氣，淡淡地說：「這些是死亡之光。」

「死亡？」冷瞳神情一滯，怔怔地看著美麗的光帶，好奇地問道：「這怎麼可能呢？死亡之光怎麼會這麼漂亮呢？哥哥，你肯定是在騙我吧？」

「沒有騙你，因為過了這裏，就是死亡地帶，這些光芒不是死亡之光是什麼？我們馬上就要衝過去了，你小心看著！」

這時，我們已經穿過了死亡之光，到達了一處虛無的隔離層空域，正前方，一道道如同利劍怪蛇的刺目閃電編織出天網，正閃爍著刺目的光芒。

真正的死亡地帶到了！

巨大無匹的叉狀閃電，從遙遠的夜空呼嘯直下，雷霆萬鈞、勢不可擋！一個肉體凡胎的人，面對這種自然神力的強大存在，根本就無法抵抗。

「哥哥，這是什麼？好亮呀——啊，我的眼睛睜不開啦，太刺眼啦！」冷瞳非常驚愕地叫了起來。

我連忙說道：「冷瞳，聽哥哥的話，閉上眼睛，坐著不要亂動，哥哥不叫你，你就不要睜開眼睛。」

「嗯，好。」冷瞳乖巧地閉上眼睛，小手緊緊抱在胸口，一動不動地坐著。

「等下不管聽到什麼聲音，只要我不叫你，你都不要擔心！」我一拉操縱桿，滑翔機再次向上爬升一段距離，接著一路向下俯衝，向著雷鳴電網衝去。

滑翔機的速度有限，而雷鳴電網又很厚，所以，為了確保安全，要以最快速度穿過。這一次和前一次我獨自飄進來，危險係數是完全不一樣的。

上次我進來的時候目標小，被閃電擊中的機率也小得多，但是，我最後還是被閃電擊中了。現在，我們開著飛機，體積增大了十幾倍，所以，被閃電擊中的機率也增加了很多。但是，這是我們唯一的出路！

「衝啊！」我雙手緊緊地抓著操控桿，神情激動地大叫起來。

「喀嚓——」

「喀嚓——」

我們已然衝進了雷鳴電網，四周傳來接連不斷的震響，空氣中飄蕩著光怪陸離的電火花，那情景絢麗得令人窒息。

一道道閃電在機身旁劃過，卻都沒有擦中機身，我們穿越了大半雷鳴電網，眼看就要突破出去了，就在這個節骨眼上，「咕咚」一聲悶響從旁邊傳來，我扭頭一看，發現冷瞳的安全帶沒有繫好，向前栽了過去，一頭撞到操作面板上，額角磕破了，立刻出了血。

「冷瞳，你怎麼樣？」我焦急地大喊，但是雷電的聲音太響，冷瞳壓根兒就沒聽到我的聲音。

「哥哥——」額頭冒著鮮血的冷瞳緩緩地坐起身來，睜開了眼睛，滿臉驚愕地看著四周的閃電和五彩電花，愣愣地向我看來。

「這些是閃電，你快閉上眼睛！」我對著冷瞳大喊的同時，全力操控飛機繼續向前衝，終於來到雷鳴電網的邊緣。

我不禁一陣激動，差點又大叫起來。可是，樂極生悲，我只感覺眼前突然一片刺目的雪白，一道閃電在最後時刻擊中了機身。

「啊——」被閃電擊中的一剎那，我和冷瞳都本能地大叫著，閉上了眼睛。

我知道機身馬上就要解體了，不覺丟開操控桿，不顧一切地向側面撲去，一把將冷瞳緊緊抱住，準備和她一起飄向雷鳴電網周邊那處沒有重力的怪異時空之中。

我抱住冷瞳的時候，我們的額頭一下子撞到了一起，而我們撞擊的部位，正好都是額頭的傷口。一瞬間，我與冷瞳的血混合到了一起。

我們猛然感覺到巨大的痛楚傳來，被電得全身麻木，根本動彈不了。幾十萬伏特的強大高壓閃電擊中機身，將我們籠罩在電流之中，強大的電流傳遍全身。

我的腦海中只有一片刺目白光，根本感覺不到身體的存在。此時，我就好像靈魂出竅一般，居然出現在自己身側，看著處於閃電中心的自己和冷瞳。

我成了一個旁觀者，看到自己全身黑如焦炭，冷瞳也和我差不多，她的頭髮豎了起來，還冒著電火花。

我和冷瞳其實已經死了。

這時，我的腰間忽然閃爍著一片清湛湛的光芒。隨著那些閃電的電流穿過我的軀體，青色的光芒一分為二，變成了一半金色一半藍色。半金半藍的光芒越來越強，變得耀眼刺目，已經蓋過了閃電的白光。

在那半金半藍的光芒之中，緩緩飄起了兩把尺，正是我一直帶在身上的陰陽雙尺！

陽尺金光，陰尺藍光，兩把尺虛空懸浮，尺身之上的神奇紋路符咒光彩奪目、熠熠生輝，如同游龍一般，圍繞著尺身上下盤旋流轉。在電流的衝擊之下，雙尺發出了一陣陣低沉的龍吟之聲，尺身在劇烈快速地震動著。

「叮叮——」虛空懸浮的雙尺忽然凌空一翻，一上一下對頭相接，它們連接的地方，正是我和冷瞳額頭對額頭相撞的部位。兩把尺以我和冷瞳的額頭為中心，猶如風扇葉一般轉動了起來。

「嗤嗤叱——呼呼呼——」一金一藍兩道光追逐、混合，將我和冷瞳的身體籠罩了起來。

接下來，最奇異的場面出現了。

狹小逼仄的機艙之中，已經沒有了我和冷瞳的身影，而是出現一幅金藍相交的太極圖。陰陽雙尺借助我和冷瞳的血染之力，以我們的靈池天穴為中心，化轉時空之力，將我們吸進了金藍相間、急速旋轉的太極圖之中了。

太極圖陰陽和合、天人合一，猛烈地吸收四周的各種能量。一瞬間，所有的電流竟然被太極圖吸收一空。太極圖吸收完能量後，減慢了旋轉的速度，最後又恢復成了雙尺。而我和冷瞳的身體竟然已經完全恢復了。

我的神識還停留在虛空之中，靜靜地看著自己的肉體，猛然感到一股巨大的吸力，接著眼前一黑，再一睜眼時，我已經回到了自己的身體。

我深吸了一口氣，一隻手仍然攬住冷瞳的纖腰，另一隻手則握住操控桿，駕駛飛機向著前方飛去。

數秒之後，我們的飛機完全脫離了雷鳴電網。這時，我回頭一看，只見在我們的飛機經過的地方，那原本渾然一體的雷鳴電網居然出現了一條縫隙。那條縫隙雖然非常狹小，但是完全沒有閃電。

我心裏大概猜到了，之所以出現這種狀況，最為可能的原因就是，陰陽雙尺形成的太極圖，將那一線縫隙中的閃電都吸收掉了。

我猜測，雷鳴電網的電力應該是循環使用的，所以，一旦我們將其中一條線上的能量吸收掉了，那麼，那個空隙裏也就再也不會出現閃電了。我心裏一動，似乎明白了什麼。

就在我正在思索的時候，懷裏的冷瞳「嚶嚀」一聲醒了過來。而醒來之後的冷瞳卻像換了一個人，表情鎮定地看了我半天，扭頭看向前方說道：「龍捲颶風場是不是快要到了？」

「嗯？」我看著她突然變得成熟冷毅的神情，不覺愣道：「冷瞳，你，沒事吧？」

「我沒事。」冷瞳扭頭看了看我，輕輕地從我的臂彎裏掙脫出來，重新坐回副駕駛座位，拉過安全帶重新繫上，說道：「大同哥哥，你好好專心開飛機，馬上就到颶風裏了。颶風比閃電更難對付，你要小心才是。」

「嗯，這個我知道。」我疑惑地坐回駕駛座位，雙手握住操控桿，控制著飛機平穩地飛著，好奇地問道：「你怎麼會知道前面有龍捲颶風呢？我從來都沒有和你說過。」

「大同哥哥，現在不是詳細解釋這些事情的時候，我們還是先安全穿過颶風層再說吧。過了颶風之後，還有很久才能飛到上面的洞穴，到時候，我再仔細給你解釋。」冷瞳非常認真地說道。

我點點頭，強按住心中的好奇，讓飛機向上爬升，一頭衝進了黑氣瀰漫、飛沙走石的颶風層之中。

「噠噠噠——」一大片沙石撲面砸到飛機的擋風玻璃上。機身也開始劇烈震動起來，飛行的方向也不太控制得住了，差點要向側面盤旋而去。

我一咬牙，猛地一拉操控桿，硬生生地扭轉了飛機的方向，迎著凶猛的龍捲風頭艱難地飛著。狂風呼嘯中，單薄的滑翔機飄搖得如同一隻紙鳶，隨時都有可能被狂暴的颶風撕扯成碎片。

為了控制住方向，保持位置不變動，我頂風飛行。可是，這樣一來，我們就失去了脫離颶風的機會。機身上並沒有側向推進器，我們現在只能像風箏一樣懸浮在半空中，無法前進了。

「咯吱吱——」我聽到了機身上磨牙一般的聲響，似乎我們的飛機馬上就要被吹得解體了。

我額頭冒出一層細汗，忍不住扭頭向冷瞳看去，我想，如果出現意外狀況，我還是要緊緊抱住她，就算死，我們也要死在一起。那樣的話，起碼變成鬼之後，我不會那麼孤獨。

但是，我卻發現，小丫頭正在緊皺著眉頭，低頭沉思著什麼，小嘴裏還在念念有詞地說著什麼。

「冷瞳，你在做什麼？」我皺眉問道。

「啊？」冷瞳這才猛然抬頭看著我，「哥哥，快，不要再硬扛了，趕緊掉轉機頭，跟著颶風飛，這樣飛機就不會解體了。」

「那怎麼行？我們可就不知道要被吹到哪裡去了。」我無奈地說。

「哥哥，你聽我的，快啊！」冷瞳突然站起身，抓著我握著操控桿的手，喊道：「先順著颶風的風向飛，儘量減小阻力，然後慢慢向周邊飛行，先脫離颶風再說。出去之後，不管飛到了什麼地方，都可以一路向上飛。快呀，再不改變方向，飛機就要解體啦！」

我這才猛然醒悟，不禁在心中暗罵自己愚笨。我立刻掉轉機頭，跟著颶風飛起來，果然像冷瞳所說的，我們逐步脫離了颶風的範圍，飛進了一片無邊黑暗的空虛之中。

「好了，現在可以向上飛了。」冷瞳輕輕地出了一口氣，重新坐下來。

我又是一陣慚愧汗顏，尷尬了好半天之後，才問道：

「冷瞳，剛才到底發生了什麼事情？怎麼我感覺你好像突然換了一個人一樣，變得什麼都知道了？你現在的知識，好像比我還豐富。」

冷瞳眼睛眨了眨，滿臉興奮地看著我說道：「哥哥，我說出來的話，恐怕你不會相信的。」

「哦，你說說看。我倒要看看，你到底遇到了什麼怪事。哥哥也有一個很奇怪的經歷想要告訴你呢。」我微笑道。

「嗯，好的，我也正要問你這個事情呢。」冷瞳也微微一笑，「哥哥，你信不信，我剛才被閃電擊中之後，發生了靈魂漂移現象？」

我不覺一愣，有些深以為然地點了點頭，滿臉好奇地問道：「那後來呢？你的靈魂是怎麼漂移的？」

原來，她被閃電擊中之後，一開始也是和我一樣，感覺像是已經死了，她的靈識在空間之中漂移起來。雖然時間很短暫，她的靈識卻去了很多地方，經歷了很多事情，看到了以往從來都沒有見過的東西。

而令她現在的知識能力突然提升的一個最重要原因就是，她的靈識進入過我的軀體，佔據過我的腦海。也正因如此，她現在不但擁有我全部的記憶，而且還擁有我所有的知識，甚至連性格和思想都已經有些和我同步了。

在遇到我之前，她的思想和精神很純淨空白，所以，被我的記憶和思維方式衝擊之後，她除了身體之外，其他方面已經和我差不多了。

我嚇了一跳，這還了得?!我不禁睜大了眼睛，怔怔地問道：「我姥爺曾經交給我一本竹簡古書，你知道那本書的名字嗎？」

「《青燈鬼話》，上面記載了很多離奇怪異的故事，你知道的，我都知道。」冷瞳很自信地說道。

「那你知道我這輩子不可以結婚嗎？」我又問道。

「知道，因為你要保持童子身。」冷瞳繼續答道。

「你知道我最喜愛的人是誰嗎？」我有些急迫地問道。

「不清楚。你對我有些同情，有些憐愛，但是，你還認識好幾個女人，所以，還真不知道你到底最喜歡哪一個。」冷瞳語氣淡淡地說道。

「好吧，我相信你的話了，現在，我在你面前已經是一個透明人，是嗎？」我有些無奈地問道。

「差不多吧，就跟當初你遇到我的時候，我給你的那種感覺一樣。」冷瞳滿臉促狹地笑著，讓我瞬間心碎。

我從來都沒有想過，人的記憶居然是可以複製和轉移的。每個人都有自己的私密空間，每個人的心靈深處都有一些不足為外人道的齷齪黑暗，沒有任何人願意把自己心中所有的想法都透露給另外一個人。這樣的情況會多麼地窘迫又可怕啊。這簡直就是世界末日一般的感覺，誰的臉上還能掛得住？

「哥哥，我已經把我剛才遇到的事情告訴你了，現在輪到你了。你剛才有沒有發生靈魂漂移，進入過我的身體？」冷瞳非常認真地問道。

我也很認真地說道：「剛才我的靈魂出竅了，我站在自己身體旁邊，目睹了當時所發生的事情。」

「當時發生了什麼事情？」冷瞳好奇地問道。

聽完我的描述之後，沒等我給她總結，冷瞳已經點頭道：

「陰陽雙尺果然名不虛傳，居然可以引動天雷之力，製造出陰陽天人的大陣，不但化解了閃電的力量，還利用了閃電之力，打破了時空的局限，將我們的身體恢復到之前的狀況。沒想到你身上還有這樣奇特的寶物，真讓人羨慕。」

我怔怔地看著冷瞳，一時間不知道該說什麼才好。冷瞳已經不再是一個單純的小女孩了，她擁有了和我一樣的心態和思想。這個情況，真的不是我希望看到的，我希望她能夠一直保持純真。

「哥哥，你是不是擔心我變壞？」冷瞳看出了我的猶豫和擔憂，微微皺眉道。

「沒，沒有，我怎麼會擔心你變壞呢？」我有些閃躲地說。

「其實，你大可以放心的。第一，你的記憶和知識雖然有很多陰暗的東西，但是，我還是被你的正義思想所引導著，所以，我不會因此變得陰暗。第二，我雖然全盤接收了你的記憶和知識，但是，這並不代表我現在就完全和你一樣了。我還是我，我對你的心，也永遠都不會變。」冷曈很認真地說。

「外面的世界很精彩。」我淡淡地說。

「我從來都不嚮往精彩，你也並不嚮往精彩，難道不是嗎？」冷曈凝眸看著我。

「等出去之後再說吧，還有很長的路要走，我們還太年輕，誰也無法預知未來，走一步看一步吧。我不能親近女色。」我無奈地訕笑道。

「難道你不能親近女色，我們就不能在一起嗎？我只是把你當成依靠，喜歡跟著你而已，我對你的愛是純潔的，並不包含肉欲。所以，你能不能親近女色，對我們的未來都沒有影響。」冷曈很認真地說。

我含笑岔開話題道：「現在你已經瞭解外面的世界了，那麼，你出去之後有什麼打算？現在有沒有什麼想法？」

「出去之後的事情，我沒有想過太多。」冷曈輕輕地咬著嘴唇，「但是，如果有機會再回來的話，我倒是很想做一件事情。」

「什麼事情？」我有些好奇地問道。

冷瞳側頭看著我說：「我想去把那些獵屍人都殺掉。」

我不覺一愣，有些愧疚地看著她，訕笑道：「對不起，我當時之所以不告訴你，其實是怕你傷心，我不想讓你傷心。」

「你不用道歉，你的心情我完全明白。但是，現在既然我知道了，那麼，我就該手刃仇敵，為我的父母報仇，那些獵屍人該死！」冷瞳緊握著小拳頭，眼神凶狠地說道。

見到冷瞳這個樣子，我心裏有些失落，也有些憐愛，連忙伸手握著她的小手道：「冷瞳，一切向前看，我們不能活在過去的陰影中，我們要打拼出新的天地才對。很多事情，過去就過去了，我們不應該再耿耿於懷。不然的話，我們會活得很累，你明白嗎？」

「我完全明白。」冷瞳點了點頭，「你的經歷正好印證了你的話，我們確實要向前看。因為，你現在之所以有這麼多麻煩，活得這麼累，正是因為你一直活在過去的陰影之中。哥哥，你放心吧，我也只是這麼說說而已，實際上，我的心情已經放開了。至少，只要有你在，我就會開心快樂，我別無他求了。」

「嗯，謝謝你。」我微微一笑，感到很欣慰。

滑翔機拼命地向上爬升著，試圖逃脫無邊無盡的黑暗。不知道過了多久，突然，我看到前方出現了一線天光。

「是那裏！」冷瞳有些緊張地尖聲叫道。

「知道了，你坐好。這樣的地下入口都有很強的氣流，飛機通過那裏的時候，會產生劇烈震盪，說不定還會解體，我們要做好逃生的準備。」

冷瞳聽話地點點頭，把椅背後面的一個小包裹抱到了懷中。我沒有再說話，專注地駕駛飛機。

我們又向前飛了幾千米，那一抹天光開始漸漸拉寬，光亮更清晰了。眼看著就要接近那一抹天光了，我們難以抑制激動，但是與此同時，也充滿了疑惑。

話說，我們要回到無底天坑的底部，可是，現在我們為什麼居然看到了天光，似乎要直接飛到地面上去了呢？

難道說，我們的著陸地點已然發生了改變，我們出來的時候，由於跟隨颶風飛行了一段距離，是不是因此就變換到了地下空間的另外一個出口處呢？按照西山堡壘裏面的人說明，九陰鬼域與外界連通的地方不止一處。

所以，我們現在所面對的出口，很有可能是一個完全陌生的地方。不過，我現在的想法就是，只要能夠從這個鬼地方出來，又能安全著陸，這就夠了。只要能夠安全到達外面的世界，我們就不用再擔心任何事情了。

「啊，好亮啊，比閃電還亮！」

我們的飛機駛進了一處大峽谷之中。飛機乍一暴露在天光之下，強烈刺目的日光立刻讓我們睜不開眼。

冷曈由於常年待在地下，從來沒有見過日光，一時間差點失明，幸好我及時讓她閉上了眼睛。其實，我自己也無法馬上適應。

我只能緊緊地閉著眼睛，憑感覺拉動操控桿，飛機一路向上爬升，要飛出那道大峽谷。

過了約莫十分鐘，我們這才漸漸適應外面的強光，勉強睜開了眼睛。飛機已經爬升到了距離地面不止一千米的高度。

在我們正下方，是一條巨大荒涼的大裂谷，兩側都是杳無人煙的荒山。我看了一下面板上的指北針，發現我們正在往北飛，太陽在我們的左後方天空，是下午兩三點鐘。

今天天氣大好，天空碧藍，飄著朵朵棉花一樣的白雲，我們上下左右地看著，很是心曠神怡。我興奮地大笑起來，冷瞳則是一臉癡迷和驚愕地看著這個迷人的世界。

方圓數十公里內都是荒山闊野，只在遙遠的天邊處，有一處隱隱約約的建築物。我已經大概猜到，那個地方應該是距離大峽谷最近的小山村。於是，我一推操控桿，向著那個小山村飛了過去。

「哈哈哈，看到沒，這就是現實世界，怎麼樣，你喜歡這裏嗎？」

「嗯，喜歡，哥哥，謝謝你！」冷瞳已經看得眼花繚亂了，她紅著小臉，滿心興奮地攬著我的脖頸，在我的臉上狠狠地親了一下。

「我說過，外面的世界很精彩的。」我扭頭看著冷瞳那瘦削的肩頭，發現她的藍髮在陽光的照耀下更美，而她的紫色眼眸，更是充滿勾魂攝魄的誘人魅力。

「啊——飛啊，飛啊，飛啊——」天真爛漫的小丫頭，興奮地搖著兩條素白如雪的纖柔皓腕，大聲呼喊著。

滑翔機飛過山川，飛過河流，掠過樹林，經過麥田上空，終於來到了一處小山村的上方。

「快看啊，有飛機！」

「哎呀，飛得好低啊——」

「快，快，追過去看看，好像要落下來了！」

這裏住著的人，身上的衣服都很破，皮膚黝黑，說話帶著濃重的方言。他們可能一輩子都沒能親眼見到飛機，所以，現在看到我們的飛機，都很好奇興奮，跟著飛機跑了起來。

本來，我是想一口氣飛到最近的城鎮，再找一條公路降落的，但是，飛機的油箱裏沒油了，只好在這裏降落了。

「咕嘟嘟——」螺旋槳因為燃油耗盡，降低了旋轉速度。我操控著飛機，對準了一條土路，一點點地向著土路落了過去。

「咕叱——」飛機第一下著地，被反彈了起來，向前飛躍了好幾十米，才最終著陸，沿著土路一路向前衝去，最後停在土路盡頭的一片曬穀場上。

安全著陸了，有驚無險！

我鬆開飛機操控桿的時候，不禁一把將冷瞳抱進懷裏，狠狠地在她的脖頸上親了一口，接著放開她，無力地癱坐在座椅上，喘著粗氣道：「好了，終於，終於回來了。」

「哥哥。」冷瞳輕輕握著我的手，有些猶豫地問道：「接下來，我們怎麼辦？」

「先喘口氣，等下我們下去，看這附近有沒有電話。只要有電話就好辦，實在不行的話，租一輛牛車，先趕到最近的城鎮。我身上帶著錢，到了城鎮之後，我會讓人過來接我們的，順便派人去天坑裏尋找鬍子他們。他們三個人說不定還一直在那邊等我呢，這都不知道已經過了多久了。要是他們再等不到我，說不定要幹出傻事來了。」

我喘了幾口氣之後，這才拉著冷瞳，打開機艙頂蓋，從飛機裏跳到地上。雙腳落地的一剎那，我激動得差點流下眼淚來。現實世界的生活真是太好了，我太懷念了。

我們手挽手站在地上，放眼望去，發現四周是一片麥田，麥子已經長到齊膝高，開始結穗子了。

我不禁一陣感嘆，進去的時候是初春二三月份，出來的時候已經是四月份了，我在九陰鬼域之中整整待了一個多月。

「喂——」一聲聲遙遠的喊叫聲傳來。我抬頭一看，遠處村落的方向，正有許多人向我們這邊跑過來。很顯然，他們對我們很好奇。

我對冷瞳微笑道：「走吧，咱們先去和這些人說說話，打聽打聽情況。」

和那些農民碰頭之後，果不其然，他們都以為我們是上頭派來考察的工作小組成員。我只好扯謊，說我們是山林考古隊的，現在迷路了，想要讓他們幫忙指指路。

聽到我的話之後，很多人都失望地離去了，只有幾個老人留了下來，很熱心地請我們去他們家裏，並且給我們詳細地指明了道路。

在那些老者家裏吃飯的過程中，我這才弄明白，這裏到底是什麼地方。原來，這裏就是宏遠縣。這個小山村叫土山圩子，還沒有開通公路，距離最近的城鎮還有幾十里地，騎自行車要兩個小時。那個小城鎮叫水井鎮，因為格局像個水井。我們只要到了鎮上，就能夠找到小轎車，可以直接到達宏遠縣城了。

我很真誠地感謝了他們，又找到了村長，給村長留了一千塊錢，讓他代為看管我的飛機。我告訴他，過幾天就會有人來把飛機拉回去，不要讓孩子們上去亂玩弄壞就行了。村長自然是樂不可支地滿口應承下來。

我這才借了村長的自行車，帶著冷瞳，在村長兒子的帶領下，一路來到水井鎮。

到了水井鎮，我先找了一個公用電話，給玉嬌蓮打了電話。

「謝天謝地，你終於來電話了，現在你在哪裡？」玉嬌蓮接電話之後，差點哭了起來。

「河北境內，宏遠縣，水井鎮，街西頭的水井鎮飯店，你派個車子過來接我就行了，不要自己往這邊跑了。」我又問她道，「他們怎樣了？都回去了嗎？」

「早就回來了，都快要急瘋了，現在都已經組織好大型勘探隊，準備再次出發了，他們這次帶了十架助力傘，還有一架小型飛機，二十多輛大卡車，準備把那個深淵給翻過來找你了。」玉嬌蓮難以抑制地哭哭啼啼地說道。

「好了，告訴他們，我現在很安全，我馬上就回去和他們會合，讓他們全部都到紫金別墅裏等我回來，我有很重要的事情和他們商量。」我掛了電話，拉著正在街邊到處看風景的冷瞳進了飯店，點了一桌菜，狼吞虎嚥起來。

我忍饑挨餓將近兩個月，整個人都瘦了一整圈，實在是需要好好進補一下。冷瞳也是第一次吃到這麼好吃的飯菜，她揮舞著筷子，完全不顧形象地大吃起來。

「唔——好撐啊，哥哥，我的肚子都鼓起來啦，你摸摸看。」吃飽喝足之後，我們都半躺在椅子上，打著飽嗝，眼神迷離，真的是再享受不過了。

「喂，冷瞳啊，可別怪哥哥沒提醒過你啊，女孩子可不能這麼吃啊，不然你以後就長胖了。」我心情大好，懶洋洋地調侃冷瞳。

「唔，太好吃了嘛，我寧願撐死算了，才不管胖不胖呢。」冷瞳也一臉懶洋洋的，一副可愛小豬的模樣。

「好吧，吃飽喝足了，接下來咱們休息去，嘿嘿，哥哥帶你去睡又大又軟的床鋪，保證你要多舒服就有多舒服。」我們背著大背包，向著街對面的一家小賓館走去。

不過，我發現那個賓館很簡陋，就給玉嬌蓮打了個電話，讓她不要派人來了，我自己回去。我找了一輛車，來到宏遠縣縣城，直奔宏遠縣裏最高級的賓館，開房去也！

我們要了一個標準房，進了房間之後，我們各自直接倒在床上，非常酣暢地睡了過去。別說洗澡了，我連臉都沒洗，鞋子都懶得脫，實在是太累了。

先前一直處於緊張之中，這種疲倦還沒有體現出來，現在一放鬆下來，瞌睡就如同大山一樣當頭壓了下來，這一覺，真是我有生以來睡得最酣暢最舒服的一次。

我睡醒時，看了一下表，發現已經是凌晨五點多了，這一覺整整睡了十個小時。

我伸了伸懶腰，打了一個大大的哈欠，側身看了看旁邊床上縮身在被子裏睡得迷迷糊糊、彷彿一隻小貓的冷瞳，忍不住滿心愛憐。

深吸幾口氣，我儘量不發出聲音，生怕把熟睡的冷瞳吵醒。我把身上破爛的衣服脫掉，進了浴室，痛快地洗了個熱水澡，穿上背包裏備用的衣服，準備外出購物。

臨走之前，我坐到冷瞳的床邊，輕輕地搖了搖她的肩頭，將她喚醒。

「唔，哥哥，怎麼這個世界也變得黑暗了？」冷瞳還以為這裏也變成了鬼域呢。不過，她畢竟已經獲得了我的記憶和知識，所以，很快就反應過來了，不覺翻身平躺著，眯著眼睛問道：「噢，是天黑了，對嗎？」

「嗯，是的，現在還不到吃早飯的時間，我先出去買點衣服回來，你再睡一會兒吧，等會兒你洗個澡吧，洗乾淨了，咱們換上新衣服，然後吃個早飯，就可以出發啦。」我輕輕摸摸冷瞳的藍髮，愛憐地說道。

「嗯，放心吧。」冷瞳微微一笑，接著側轉身，一邊伸著懶腰，一邊用兩條素白的手臂抱著我的胳膊道：「哥哥，沒想到人間真的和你說的那樣，一切都這麼好、這麼舒服，我真是羨慕你們，居然從小就在這樣的地方長大。」

「乖，放心吧，從今往後，我一定會讓你過上舒適幸福的生活的，你再也不用吃苦受罪了。」我輕輕捏了捏冷瞳的小鼻尖。

「嗯，哥哥，我在這個世界舉目無親，就你一個依靠，你以後可不能欺負我，不然的話，冷瞳可是會很傷心很傷心的，你知道嗎？」冷瞳眼神迷離地看著我。

「怎麼會呢？哥哥絕對不會欺負你的，哥哥疼愛你都來不及。」我微微一笑，捏捏她的小手。

「嗯，那就好，哥哥你放心，我一定聽你的話。」冷瞳含笑道。

「好啦，我很快就回來的，你不要害怕，好嗎？」我拍拍她的腦袋說道。

「嗯，哥哥，你去吧，我要穿新衣服。」冷瞳興奮地站起身，跳下床，開始脫衣服，準備洗澡。

我連忙轉身開門出去了。

時空逆轉

想不到，在這種機緣巧合的狀況下，
陰陽尺居然借助閃電的巨大能量，自行開啟了陰陽法陣。
這個法陣因為沒有陰陽珠，力量非常弱，
它不過是以血為珠，以電為引，
將我和冷瞳所處的時空逆轉了幾秒鐘的時間而已。

春色正濃，街上的路燈還亮著，涼風習習，東邊已經泛起了一抹白光。

我雙手插在夾克衫的衣兜裏，頭髮還濕漉漉的，走在靜靜的街道上，一種重獲新生、再回人間的感動之情激蕩胸間。

「噢——喔——」走到一個十字路口，我不禁迎著東邊的晨曦之光張開雙臂，發出了一陣怪叫。

我活動了一下胳膊腿，覺得渾身舒暢，這才鑽進一家超市。

二十分鐘之後，我拎著大包小包出來，招手叫了一輛計程車，讓司機把我送回賓館，給了他五十塊錢，也沒讓他找零，直接就上樓進了房間。

我一進房間，頓時一陣溫暖的水汽撲面而來，冷瞳剛洗完澡，正裹著大浴巾，對著鏡子左右看著自己。這丫頭從小到大都沒有照過鏡子，難怪會這麼稀罕。

「哥哥，你回來啦？」冷瞳眼睛一亮，晃蕩著一頭濕漉漉的長髮，站起身迎了過來。

我把衣服袋子都丟到床上，說道：「這一半是我的，另外一半是你的，自己會穿不？要不要我幫你穿？」我壞笑地看著冷瞳。

「我自己會穿，哥哥你還是先穿自己的衣服吧。」冷瞳含笑地看著我，接著從袋子裏找了一套衣服，便往浴室裏跑：「我去裏面換，那兒有個大鏡子，嘻嘻。」

十分鐘後，我穿好了衣服，對著鏡子梳了一下頭髮，感覺精神清爽，這才開始整理東西。

「喀噠——」浴室的門打開了，一位精靈少女走了出來。她上身是一件粉白色長袖休閒襯衫，下身是一條格子裙，裙子很合身，她腳上穿著白色深筒襪子，一雙繫帶皮鞋，真是光彩照人，青春飛揚。

我不禁愣了，接著滿意地點頭道：「不錯，很漂亮。」

我們很快就整理好東西，一人拎著一個背包，走出了賓館。

我們上了車，直奔市內，然後衝到機場，坐上了最近一個飛往南城的航班。在機場買票的時候，因為冷瞳沒有身分證，我一個電話打給薛寶琴，把我的情況大致告訴了她。

薛寶琴不禁有些酸酸地說：「你又弄了一個女人回來？還是個黑戶？」

電話掛了之後沒多久，我們就順利地登機了。

當我們順利地返回南城時，在機場見到了一大群接機的人。

二子在最前面，衝過來就給了我一拳，然後一個熊抱。和二子扯完皮，我抬頭一看，泰岳、鬍子、玄陰子都在等我，連林士學都來了。我連忙過去一一問候，然後把冷瞳拉過來，給他們相互介紹了一下，這才一起返回了紫金別墅。

林士學先把我叫到他的房間，詢問了情況。我大體和他說了之後，他皺了皺眉頭，答應幫我去查查九陰鬼域當年的情況，然後就匆匆忙忙地離開了。

送走了林士學，我將眾人集中到大廳裏準備開會，但是，會議還沒有開始，卻已經有人不請自來了。

玉嬌蓮帶著徐彤風風火火地衝了進來。我安慰了她們半天，這才平息了她們的激動心情，讓她們安靜地坐了下來。

會議開始之前，我先和大家再次介紹了冷瞳，這才說起我這些天來的所有經歷。玄陰子、泰岳、鬍子、二子、玉嬌蓮，外帶一個打醬油的徐彤，大家都是眉頭緊鎖，臉上儘是疑惑的神情。沒有人能夠給出一個合理的解釋，他們都和我一樣滿心困惑、不解，以及好奇。

「大同，接下來，你準備怎麼做？」玄陰子微微皺眉問道。

「我也不知道，我想先去看看姥爺，然後找盧教授商量一下，他是醫生，也是科學家，我相信把這些資訊告訴他，他會有新的想法的。」我說道。

「嗯，既然如此，那就事不宜遲，趕緊去吧，我們也都想不出來，還是去問問專家。」玄陰子說道。

我點了點頭，拉著冷瞳的手道：「走吧，帶你去看看姥爺。」我回頭對二子他們說道：「你們先自便吧，有了新的進展，我會通知你們的。」

我和冷瞳進了怪病研究中心，先去病房看望姥爺。姥爺依舊處於昏迷狀態，氣色不是很好，但是，這段時間一直有千年悶香的滋補，所以狀況還算是穩定。

我和冷瞳又找到了盧朝天。盧朝天對我的到訪表示了歡迎，而且對冷瞳很感興趣。主要是因為冷瞳的藍髮和紫眸，讓他覺得是一種極為罕見的遺傳變異。

「盧教授，您聽我給你說一個事情，這個事情，肯定比冷瞳的遺傳變異讓您更加感興趣。」我有些無奈地把這個科學狂人扶坐回去，在他對面坐了下來。

「哦，你這個小傢伙，總是會給我一些驚喜，嗯，你說吧，是什麼事情。」盧朝天饒有興致地說。

「我找到了崩血之症的根源。」我很認真地說道。

「什麼?!」盧朝天驚得一下子站起身來，「那你快說，這根源到底是什麼，我得記錄一下，這個事情太重要了。」盧朝天手忙腳亂地從檔案堆裏拽出一個本子，拿著筆記錄了起來。

「是因為九陰鬼域，九陰之泉。」我於是把自己的所見所聞都說了出來。

盧朝天一直非常認真地記錄著，並沒有對我那詭異至極的經歷提出任何質疑。我說完後，他怔怔地盯著面前的本子，問道：「你說的這些，都是真的嗎？」

「當然是真的，冷瞳就是我從那裡帶出來的，你不相信我的話，可以問她。」我將冷瞳拉到身邊，笑著問道：「你在現實世界中，見過這麼奇異美麗的女孩嗎？」

「確實，確實沒見過。她給我的第一感覺，簡直就是一團冰。冷瞳這個名字簡直太適合她了。」盧朝天有些疲倦地向後一靠，深吸了一口氣，有些苦惱地拿下眼鏡，捏了捏眉心，說道：「如果事情真像你說的那樣，這個事情可就複雜了。」

「從科學角度來講，這個事情有沒有合理的解釋？可不可以將這片九陰鬼域對現實世界的影響消除掉？」我滿臉希冀地問道。

「這個——」聽到我的話，盧朝天有些遲疑地愣了一下之後，良久才悠悠道：「科學界從來都不承認幽冥鬼域的存在，甚至連上帝學說都是反對的，所以說，如果從科學上來講，這個地方，只能算是一處平行時空的契合點所產生的褶皺。也就是說，這個所謂的九陰鬼域，實際上是屬於另外一個時空，但是，它的位置卻又存在於我們的時空之中，這就使得時空軌道產生了褶皺。也就是說，生存在九陰鬼域之中的人，其實是存活在雙重時空之中的，他們既活在現實世界，又屬於另外一個世界。按照目前的狀況來看，這個時空的褶皺顯然並非只是一處平淡無奇的褶皺，它有自己的思想和意念，甚至，它還有一種非常怪異的時空引力，可以將人的血肉和靈魂都一點點地吸收過去，然後再在時空褶皺之中，重新整合成新的人類。」

「那麼，針對這種時空褶皺，我們有沒有辦法將它消除掉呢？或者，至少是讓它停止對我們這個世界的影響呢？」

盧朝天無奈地嘆了一口氣道：「時空之力何等巨大，人類區區萬年的歷史文明，怎麼可能窺探到這個境界呢？想要消除時空之力的影響，現在是絕對不可能的，我們甚至連進行研究的能力都沒有。愛因斯坦對時空的理解，也不過是理論而已，真正能夠驗證這些理論正確性的人還沒有。時空，畢竟是這個世界存在的根本，我們不可能對它產生影響。」

盧朝天的話讓我非常失望，他等於告訴我，這件事情想要走科學的途徑解決，壓根兒就是不可能了。

「而且，如果這個時空褶皺消除了，會不會因此產生連鎖反應，把我們的世界也消除掉，根本就無法預測。最好找到可靠的方法，不要因此弄巧成拙。」盧朝天向我發出了警告。

我只好無奈地嘆了一口氣道：「我明白了，盧教授，你不用再說了，這件事情你雖然知道了，但是你也幫不上忙，科學的力量也是有限的，我很能理解你的心情。」

「嗯，你說得很對，不過，雖然我幫不上忙，但是至少我可以給你參考。」盧朝天有些尷尬地訕笑道：「我倒是很想聽聽你的意見，想知道你是怎麼看待這個事情的。」

「既然你這麼問了，那我就大膽設想一下好了。」我說道，「九陰鬼泉可能就是一位神女的子宮，而九陰鬼域可能就是那個神女的屍身所化。神女的靈魂一直飄蕩在那片鬼域之中，形成了強大的生物磁場，影響著整個空間。她的屍體直通幽冥，幽冥之力將神女的屍身和靈魂都包裹起來，所以，神女就連接了地府和人間兩個時空。」

「很精彩，很離奇。」盧朝天愣了半天說道，「你對九陰鬼域的瞭解肯定比我要多，比我透徹，所以，如果真的想要找到消除這片空間的辦法，也只能由你來找。我也會針對這個事情認真進行分析的，我們可以分享分析的結果，說不定真的可以找到解決的方法。」

「謝謝你，盧教授，有情況的話，我一定會給你打電話的。」我和冷瞳離開了。

我站在研究所的院子裏，不禁嘆了一口氣。

「哥哥，你不要擔心了，一定會有辦法的。」冷瞳見到我的煩心樣子，不禁關切地說道。

我苦笑了一下，搖了搖頭，帶著她一起上車，向紫金別墅駛去。

陽光普照，春色大好，但是我的心頭卻是一片陰霾。雖然已經成功探測了無底深淵，而且從九陰鬼域之中逃脫出來，但是我卻高興不起來。

在這熙熙攘攘的大街之上，眼望著這個繁華喧鬧的世界，我卻連說話的心情都沒有。

冷瞳一路上也沒有吵我，她知道，我需要一個人靜一靜，不想被人打擾。她側靠著車窗，靜靜地看著外面的世界。她的腦海中雖然擁有了我的記憶和知識，但是，畢竟眼見為實，所以，對於現實世界她還要慢慢瞭解，將所見到的東西與腦海裏貯存的資訊對上號。

進了別墅，我看到玄陰子正端著清茶，坐在大廳的沙發上輕抿慢品著，看樣子很是悠閒舒暢。大廳裏除了鬍子之外，沒有其他人。

鬍子帶著鬼猴二白走過來，說道：「總算等到你了，我正要和你說件事情呢。」

「什麼事情？」我上下打量了一下鬍子，發現他的手裏拎著一個背包，不禁皺眉道：「你要走？他們呢？」

「都走了，泰岳回山裏去了，那兩位美女也回北城了，二子被林士學叫去辦事，我也要回去山裏看看那兩個老傢伙了。不過你放心，你有什麼事情的話，可以隨時找我。」鬍子拍了拍我的肩膀。

我不禁有些傷感，連忙讓他等一下，然後跑到樓上房間裏，拿了一張銀行卡，塞到他的衣兜裏說：「這點錢你拿著用，回去買個手機，山裏要是有信號的話，就打給我，我們保持聯繫。有什麼麻煩的事，也儘管跟我說，只要在我能力範圍之內的，我一定會幫你解決。」

「你放心吧，咱們好兄弟，我不會客氣的。」鬍子把銀行卡往兜裏一揣，領著猴子出門去了。

我有些無力地在沙發上坐了下來，怔怔地盯著電視的螢幕發呆。電視機並沒有打開。

「怎麼，心情好像很苦悶嘛。」玄陰子也在看著電視機螢幕裏的自己。

「沒什麼，有些累而已。」我喘了一口氣道。

「累了就去睡覺，在這裏發呆幹啥？」玄陰子轉身看著後面站著的冷瞳道：

「小丫頭，你說對不對？」

「嘻嘻，爺爺，我什麼都不懂的，你不要問我。」冷瞳可不傻，不會被人忽悠，當下一推乾淨，走到我對面的沙發上坐下來，交疊著兩條細白的小腿，含笑看著玄陰子說道：「爺爺，你知不知道那個九陰鬼域到底是怎麼回事？能不能幫幫我們啊？」

「我要是知道的話，那我可就厲害啦。」玄陰子微微一笑，卻饒有興致地上下打量著冷瞳，認真地說道：「小丫頭，你過來，我給你把把脈。你這體質天生陰寒，不是尋常之人啊。」

「爺爺說對了，我從小身體就很冷的。」冷瞳坐到玄陰子旁邊的沙發上，將小手平放到扶手上。

「嗯，我看看。」玄陰子微微瞇著眼，輕輕地將手指搭到冷瞳的手腕上，一邊診脈一邊沉吟道：「脈象似有似無，虛寒陰冷，體溫似冰，這個狀況果真稀奇啊。這要是普通人，早就已經嗚呼哀哉了，你這小丫頭居然還活得好好的，這真是一個奇蹟。」

「嗯，爺爺，我這個狀況是不是病啊？」冷瞳問道。

「暫時還不知道。」玄陰子又問道，「丫頭，你知道你的生辰八字嗎？」

「我不知道，因為我是在九陰鬼域裏出生的，那裏無日無夜，沒有時間概念。」冷曈說道。

「難道說，你正好是在陰年陰月陰時陰分陰秒出生，天地人三宮又都是陰性，是飽受陰氣滋養的九陰女體？」玄陰子有些激動地起身一把將我的手腕抓住道：「小子，你好運了！」

我還以為他在逗我玩，有些不耐煩地掙開他的手道：「我現在心很煩，你別鬧。」

玄陰子不以為然地大笑一下，意味深長地微笑，看著我說道：「小子，不要鬱悶了，鬱悶有什麼用處？難道你這樣就能想出辦法來嗎？」

「您老說得倒是輕鬆，我也想開心一點，但是你說我能怎麼辦？」我撇嘴問道。

玄陰子望向正在看戲的冷曈道：「小丫頭，你想不想知道九陰女體是什麼？」

「嗯嗯，爺爺您請講，我聽著。」冷曈有些好奇地問道。

「嗯，九陰女體就是在陰年陰月陰日陰時陰分陰秒出生，而且天地人三宮都屬陰性的女子。這類女子的體質天生純陰至寒，與殭屍一般無二，卻並不影響成長。這類女子的體質還有一個極為難得的妙用。」玄陰子說到這裏，含笑停了下來，故意瞥眼看向我。

我的心思其實早就被他的話勾住了，但是，為了表現得淡定，我依舊一本正經地坐著，繼續裝出發呆的樣子。

「丫頭，你知不知道，與九陰女體相對應的，還有一種九陽男體？」玄陰子含笑看著冷瞳問道。

「嗯，這個我大概猜到了。這個世界上有陰就有陽，陰陽互補互生又互相克制，所以，既然有九陰女體，肯定也就會有九陽男體，爺爺，我說得對不對？」冷瞳說道。

玄陰子讚道：「嘿嘿，說得不錯，那你說說，這九陽男體大概是個什麼樣子？」

「嗯，必然是天生體溫火熱的，對嗎？」冷瞳眨眼道。

「不錯。」玄陰子咂嘴道，「其實也有例外，比如修煉之人，可能是純陽之體，甚至是九陽之體，但是由於心性內斂，所以，也不會體溫偏高。陰陽相剋相生，所以，身為純陰至寒的九陰女體，可以中和男性的剛陽之力，從而達到以陰補陽，以陽滋陰，達到天人合一的陰陽平衡狀態。呵呵，小丫頭，你明白這話的涵義嗎？」玄陰子眯眼看著冷瞳問道。

冷瞳大概明白了玄陰子的意思，不禁小臉一紅，有些羞澀地說道：「爺爺，你怎麼沒事取笑人家呢？」

「不是取笑，爺爺說的可是認真的。」玄陰子一揮手道，「好了，既然你們不愛聽，那我就不說了。」

玄陰子居然真的終止了這個話題，轉而和冷瞳天南海北地胡吹亂侃起來，不時把小丫頭逗得哈哈大笑。

我不禁想到剛才玄陰子抓著我的胳膊，說我走了好運的事情，心中一陣納悶，暗想，莫不是冷瞳的純陰至寒之體，是可以和我結合的，而且還會對我們兩個人的元氣有所裨益？

我有些尷尬地向玄陰子望過去，想讓他給我解惑。但是，剛才我的態度顯然把這個老傢伙得罪了，他居然一揮手就把我趕開了。

「你到一邊發呆去，我正和小冷聊天呢。」玄陰子繼續和冷瞳談笑。

我只好有些可憐地將哀求的目光投向冷瞳。

冷瞳用小手捂著嘴一笑，才對玄陰子問道：「爺爺，剛才你給我講的那個問題，我還沒有弄懂，你能不能再給我講講啊？陰陽互補之後，又會產生什麼樣的變化呢？」冷瞳一雙水靈靈的紫色眼眸，滿心好奇地看著玄陰子。

「噢，這個事情可就複雜了。」玄陰子抬頭看到站在旁邊的我，臉色一冷，對冷瞳道：「小丫頭，走，跟爺爺到天臺上曬太陽去。」

玄陰子居然真的起身上了樓梯，朝天臺上走去了。冷瞳也只好含笑跟了上去。

我躡手躡腳地走到天臺下面，搬了一架梯子，悄悄地縮身坐在天臺邊上的圍欄下面，準備偷聽老傢伙的講話。

「爺爺，那個事情到底是什麼意思啊？」冷瞳自然知道我在想辦法偷聽，所以不依不饒地央求玄陰子。

「噢，等下，我換杯茶，就講給你聽。」玄陰子向著天臺邊上走了過來。

聽到他的腳步聲，我剛要逃走，卻不想，一片水光閃起，全都落到了我的頭臉上，而且，那水居然是滾燙的熱水！這老小子肯定是故意的！

「爺爺，為什麼你倒了一杯熱水，又潑掉了呢？」冷瞳疑惑地問道。

「噢，我在洗茶啊，哈哈哈。」玄陰子得意地大笑道。

我滿頭滿臉都是熱水，燙得齜牙咧嘴，卻一聲不敢吭，只能強忍著痛楚，伏身一動不動地趴在牆上，繼續偷聽。

玄陰子悠悠地說道：「所謂陰陽互補，就是女子的陰氣與男子的陽氣結合，然後陰陽中和互補，在彼此體內產生陰陽平衡的中性元氣。」

「那中性元氣有什麼好處呢？」冷瞳又問道。

「嗨嗨，這個用處可就大啦。大凡修煉之人，都很難修煉出陰陽平衡的中性元氣，每個人修煉之初，就已經陰陽失衡。陰性元氣的人，會受到體內陰力的影響，變得陰沉凶狠，性格也會變得古怪陰險，甚至會嗜血入魔。因為鮮血屬於陽性，他們陰性過重，需要血液的陽性來中和體內的陰力。不然的話，就會在陰力的驅使之下變成行屍走肉，完全喪失意識。」

「啊，這麼可怕，那修煉陽性的人，會怎樣呢？」冷瞳好奇地問道。

「陽性的人，自然是變得暴戾嗜殺了。不過，陽性修煉的人，只要元陽體不破，保持純正的剛陽元氣，並且氣息內斂，一般來說，是不會變得暴戾的，最多就是開朗豪爽一點。而如果元陽體破掉了，而破陽之時，又不是與純陰之體相交，那麼就會氣息混亂，陽氣外洩，導致性情大變，走火入魔，喪失本性，變得暴戾嗜殺。」

「爺爺，你說的元陽體是什麼意思？」

「就是童子身。」玄陰子說道，

「哦，爺爺，既然可以陰陽互補，那這個事情不就變得簡單了嗎？一個陰性修煉的人找一個陽性修煉的人，一起修煉，不就很容易就達到陰陽平衡了嗎？」冷瞳問道。

「陰陽互補的條件是極為苛刻的，並不是任何人都可以進行陰陽互補的修煉的。」

「那是為什麼呢？」冷瞳問道。

「這是因為，每個人體內的偏陰和偏陽的程度都不同，很難找到正好和自己的偏陰偏陽屬性正好完全互補的人。也就是說，他們如果結婚，基本上就是要終止修煉之路，但是如果不結婚繼續修煉下去，最後總要面臨陰陽失衡，走火入魔。正因為如此，那麼多的修煉者，最後能夠真正成道的人卻寥寥無幾。而你就不同了。」

「我怎麼不同了？」

「你是九陰之體，如果與九陽之體的人結合的話，就會處於完全互補的狀態。」玄陰子說道。

我終於明白玄陰子為什麼說我走好運了。真沒想到，我在九陰鬼域走了一趟，居然解決了我一生的大事啊！不過，我也不認為冷瞳就一定會和我在一起。她有自己的主見，感情也是需要慢慢培養的。不過，只要我真心對她，相信這小丫頭是不會拒絕我的。

我拉著冷瞳出去逛街。冷瞳一路上挽著我的手，眨著紫色的大眼眸，四下看著這個陌生的世界。她連起碼的購買商品的概念都沒有，她看中了一件秀氣的連衣裙，卻不知道把裙子拿走之前是要付錢的，所以，我就成了一個移動付款機。

沒多久，我的手裏就拿了很多個袋子，有衣服有玩具，饒是我體力超人，也有些支撐不住了。而冷曈依舊滿臉好奇地四下張望，到處亂逛。

她以為我手裏的那張銀行卡，是一張非常厲害的卡片，因為，商場的售貨員只要把卡拿過去刷一下，就同意我們把衣服拿走了。幸虧我現在有點家底了，不然還真養不起這天生帶著敗家屬性的小丫頭。

小丫頭一蹦一跳地走著，她那一頭藍色長髮和紫色眼眸，不知道吸引了多少異樣眼光。

冷曈的問題多得我都回答不過來了。

「哥哥，這個店是幹什麼的？」

「哥哥，為什麼這房子那麼高啊？」

「哥哥，你看前面那個女孩子的腿為什麼那麼黑啊？而且看起來很光滑的樣子。」

「哥哥，快看，那是什麼車？」

「哥哥，那些穿橙色衣服的人，戴著帽子的，趴在那個桿子上做什麼？」冷曈看到路邊的電路維修工，充滿了好奇。

「他們在修電線。」我無奈地隨口答道。

「電線是幹什麼用的？天上拉著的那些線，就是電線嗎？」

「對，那些都是電線，電線就是用來送電的，有了電，電燈才會亮起來。」我點點頭。

冷曈很疑惑地問道：「哥哥，你說這電線裏的電，是不是和我們在地下遇到的那些閃電一樣的？」

我答道：「基本原理是一樣的，但是閃電更厲害一點。」

「對哦，那些閃電根本就不需要電線就能傳播的，所以啊，這電線裏的電，肯定是小電，是還沒長大的小孩子，而那些閃電就是已經長大的大電，是老電，閃電更厲害。」冷曈恍然大悟地拍手說道。

我不禁微微一笑，心中靈光一閃，似乎想到了什麼，但是一時間又捕捉不到那個想法。

冷曈又問了一個問題，讓我徹底抓住了那個想法：

「哥哥，你說，那些電線裏的電都是從哪裡來的？它們要是用完了怎麼辦？現在那些人修電線，就不怕被電到嗎？」

「他們修電線的時候，電線裏是斷電的。」我說道。

「電還能斷掉？怎麼斷掉？」冷瞳好奇地追問道。

「當然可以啊。」我含笑道。

「那閃電能不能也斷掉呢？」冷瞳好奇地問道。

「能……」我隨即愣在當場，頭腦開始快速轉動起來。

我猛然間想起了一個事情。我和冷瞳遭受劇烈的雷電襲擊還能活下來，是因為我身上隨身攜帶的那對陰陽雙尺吸收了雷電的巨大能量，又借助我和冷瞳的純陽至陰之血，自行啟動了陰陽大陣，利用雷電之力，把我和冷瞳穿越了時空。

姥爺在將陰陽尺傳給我之時，就告訴過我，施展陰陽法陣，可斷生死、掌輪迴，玄奧無限！可是，施展陰陽法陣的法寶，我只有一半，那對陰陽珠已經遺失了。想不到的是，在這種機緣巧合的狀況下，陰陽尺居然借助閃電的巨大能量，自行開啟了陰陽法陣。

這個法陣因為沒有陰陽珠，力量非常弱，它不過是以血為珠，以電為引，將我和冷瞳所處的時空逆轉了幾秒鐘的時間而已。

我們逃離雷鳴電網時，電網有一條縫隙，就是因為縫隙中的閃電之力都已經被陰陽法陣給吸收掉了。也就是說，雷鳴電網之中的閃電之力是有限的，是循環利用的，而如果將雷鳴電網裏的電力全部吸收掉，很顯然，九陰鬼域也就會崩塌了。

當然，我也不得不預想到另外一個狀況，一旦禁錮九陰鬼域的雷鳴電網消失，九陰鬼域就會失去束縛，無限擴大，蔓延至整個世界。所以，用消除雷鳴電網的辦法以期消除九陰鬼域，是一種無法預見的危險之舉，沒有人知道，這道電網消失之後，到底會發生什麼。

但是，這是目前唯一能夠想到的辦法，所以，我還是決定想辦法一試。

現在我需要做的事情，就是找到可以吸收能量巨大的雷電的東西，這個東西顯然不好找。當然，利用陰陽法陣來吸收那些雷電是一個好辦法，可是，這種方法太過危險。要以血為引，而且消除雷電之後還會出現時間倒流，這更使得危險增加了。因為，我不知道在消除的過程中，我和冷瞳會不會倒退到遙遠的過去，甚至變成嬰兒，又或者穿越到異世界或遠古洪荒時代。總之，不確定性太大了，這種方法不可取。

按理來說，其實是可以採取科學的辦法去消除那些雷電的能量的。比如，可以設計出一台巨大的蓄電機器，將那些雷電都儲存起來。這樣一來，就不但可以消除雷電，還能儲備一筆巨大能源。可是，這樣的做法需要太多金錢投入，而且興師動眾，一旦這個行動失敗了，造成的嚴重後果無法收拾。

我琢磨了大半天，也沒能想出頭緒，還是冷瞳打斷了我的沉思。

「哥哥，你怎麼了？你在想什麼？」冷瞳抓著我的手臂問道。

「沒什麼，我在想點事情。」我迫不及待地帶著來到車上，把手裏的東西一股腦兒都丟到車廂裏，一邊啟動車子，一邊撥通了盧朝天的電話。

「方曉啊，是不是想到什麼事情了？」盧朝天問道。

「盧教授，我想到了一個非常重要的事情，想和你說一下，你現在方便見面嗎？」我有些激動地問道。

「我非常方便，就來我的辦公室吧，我等著你。」盧朝天滿心期待。

「那好，我馬上到。」我掛了電話，驅車趕到了怪病研究中心，領著冷瞳直奔盧朝天的辦公室。

「盧教授，我有重要的想法要和你說。」

推開辦公室的大門之後，我上氣不接下氣地對盧朝天喊道。喊完之後，我卻發現這裏居然並不是只有盧朝天一個人，沙發上還坐了三個約莫五十歲、面容深沉的人，不由得一愣，有些疑惑地向盧朝天望了過去。

「方曉，進來吧，坐，這三位都是從北城過來的量子力學專家，這次他們專程趕過來，就是來幫我們想辦法的。你還不知道吧，現在北城已經注意到這個事情了，他們成立了專案研究小組來應對這個事情，這三位就是研究小組的成員。」盧朝天從他的抽屜裏端出他珍藏的法國雪茄，給我丟了一根。

經過盧朝天的介紹，我才明白，對於風門天坑的事情，北城那邊一直都非常密切地關注，他們為此成立了一個由頂尖量子力學家組成的攻堅小組。但是，到現在為止，他們對於天坑裏的一切還是一無所知。他們現在所做的研究其實和盧朝天差不多，也只是在研究崩血症而已，而且，對於崩血症的研究深度還趕不上盧朝天。

我不禁有些感嘆，也有些疑惑。那三位北城來的專家，顯然也感覺出來了。

他們之中一位比較年輕的專家，有些尷尬地訕笑道：「有些事情，不是你想像的那麼簡單。」他無奈地嘆了一口氣道，「風門村實地考察的事情沒有人在做，你知道這是為什麼嗎？」

「為什麼？」我確實很好奇。

「你應該也知道，靠近風門天坑的人，最後都會患上崩血症，這種病症是必死的。所以，在我們沒有把崩血症研究透徹之前，誰敢冒險去風門天坑裏考察？那不是等於送死嗎？有誰會沒事跑去送死？」他嘆了一口氣道，「沒有人願意白白送死，這就是事情不了了之，一直擱置下來的根本原因。」

「所以，現在你們聽說，居然有個倒楣蛋跑去天坑的無底深淵裏轉了一圈，你們就跑過來詢問情況了，是麼？」我滿臉鄙夷地問道。

「呵呵，差不多就是這樣吧，畢竟，你的經驗是寶貴的。你放心，將來要是我們專案組把這個問題解決了，一定會在報告裏把你的名字寫上去的。我們會考慮給你申請一筆資金。」

我不禁皺起了眉頭，心中一陣哀嘆。他們說得對，這件事情不能怪他們，不是他們的錯。

「盧教授，我還是和你私下談吧，談完之後，你再和各位專家彙報吧，我時間很緊迫，待不了太久。」我感覺說話都變得拘謹了，實在是有些不爽。

「好，那我們先單獨談吧。」盧朝天大概也知道我的心情，連忙點點頭，叼著粗大的雪茄，對那三位專家說了一聲抱歉，然後就領著我進了隔壁一間辦公室。

「什麼情況，說吧，我記錄。」盧朝天掏出紙筆，一邊低頭寫字一邊說道。

「我想到了消除九陰鬼域的辦法。」我雙手按在桌子上，滿臉嚴肅地說道。

「什麼——」盧朝天怔怔地坐直身，愣愣地看了我幾秒鐘之後，才有些呼吸困難地問道：「什麼辦法？」

「雷鳴電網是包裹整個九陰鬼域的防護牆，我想到的辦法就是，消除雷鳴電網的電力，以此來消除整個九陰鬼域。」我皺眉說道。

「你說詳細點，到底是個什麼情況。」盧朝天緊張地問道。

「我覺得九陰鬼域可能是在非常機緣巧合的狀況下，由自然之力和神魔之力互相作用所形成的一個封閉陰煞空間。這個空間直通幽冥，同時又切實存在於現實世界之中。它之所以能夠存在，應該是因為整個空間的能量與外界存在一種非常微妙的平衡。比如說，它周邊有龍捲颶風，中間有虛空夾層，內部有雷鳴電網。我們只要想辦法打破這個平衡，應該就可以把九陰鬼域消除掉。就算不能消除，也應該可以把它的影響範圍減縮到最小。」我非常堅定地說道。

盧朝天沒有說話，他長舒一口氣，胳膊肘頂在桌面上，十指交叉，有些疑惑地問道：「那你有沒有想過，也有可能，雷鳴電網是禁錮住九陰鬼域，防止它的力量外洩而對現世產生影響的存在？你將雷鳴電網消除掉，也有可能將鬼域的力量徹底釋放出來，對整個世界都產生影響？」

「我當然想過這一點，但是，現在，我們除了這個辦法，已經沒有更好的辦法了。話說回來，九陰鬼域的範圍很小，力量有限，所以，就算雷鳴電網消失之後，九陰鬼域開始向外擴散，它最終也不過是力量變得越來越弱，對世界的影響變得越來越小。而且，還有一個最重要的事情就是，消除雷鳴電網之後，我們就可以直接到達九陰鬼域的中心，對九陰鬼泉採取措施。說到底，九陰鬼域之所以存在，完全是因為九陰鬼泉，所以，如果我們能夠想辦法將九陰鬼泉封住，九陰鬼域就會變成無根之城，它會隨著陰力的分散和外洩，漸漸崩塌，最後消失於無形。」

我一邊說話，一邊在腦海中急速地思考，讓推理完整起來，話也說得越來越有信心。

盧朝天若有所思地點了點頭，接著問道：「那你準備怎麼去消除雷鳴電網？還有，在此之前，那些還被困在九陰鬼域裏的人怎麼辦？如果你把九陰鬼域消除掉，裏面的那些人會不會一起消失掉？」

自九陰鬼域出來之後，我心中一直思考的問題，就是怎樣把九陰鬼域消除掉，我壓根兒就沒有想過去救裏面的那些人。

不說別的，西山堡壘裏的那些人，我打從心眼裏看不上。與其把他們救出來，讓他們在現實世界受苦，還不如讓他們和九陰鬼域一起消失掉。這些人在九陰鬼域裏待得太久了，他們與現實世界已經脫軌了，而且他們的思想已經發生了變異，不再適應現實世界。

現在盧朝天突然提起了這個事情，我不覺一愣，有些尷尬地咽了咽口水，好半天才有些猶豫地問道：

「你們能不能組織一支隊伍，進去把人救出來？我一個人的力量實在是太有限了，那裏面有百來號人呢，想要一下子救出來，是不可能的。」

「嗯，這個事情，我會向上面彙報的，具體情況還要看上頭的安排。但是，恐怕有些玄。剛才那個專家的話，你也聽到了。大家都不想冒險，都想明哲保身，靠近九陰鬼域的人就意味著會死，這種事誰會幹？而且，還有一個非常嚴重的問題就是，如果他們得知了你這個計畫，說不定還會阻止你的做法，畢竟這個想法太過冒險了。萬一九陰鬼域的屏障被消除了，產生了大範圍的輻射，那不就麻煩大了嗎？到時候，怎麼和老百姓交代？」

盧朝天語重心長地看著我，說道：「所以，從現在開始，你要保持低調，即便你想要尋找清除雷鳴電網的方法，也要秘密進行。不然的話，可能會因此惹來一些不必要的麻煩。」

「嗯，盧教授，你放心吧，你的話，我都明白的。」盧朝天給了我很大的提醒，我也因此變得警覺起來，覺得這個事情確實是關係重大。

我說道：「到目前為止，我還沒有想到有效的消除辦法。等我想好了辦法，再去做這個事情。到時候，我希望您能站在我這一邊，支持我。」

「只要你的方案合理，我一定會支持你的。」盧朝天點頭道。

「好吧，盧教授，我先走了，有事電話聯繫吧，您先忙，我不打擾您了。」事情談完了，我頓覺心中一陣輕鬆，就想趕緊回家休息。

盧朝天卻叫住了我：「方曉，在你去尋找消除雷鳴電網的辦法之前，我先給你講一個故事。」

「嗯，您講吧。」我知道他要說的肯定不是普通的故事，不覺凝神靜聽。

「我先給你講一個概念。」盧朝天低頭在一張白紙上寫了幾個字，遞到我手裏道：「你知道什麼叫做靈魂禁錮嗎？」

我不覺皺眉道：「盧教授，你也相信靈魂？」

「為什麼不相信？一切都是有可能的。我不但相信，而且還進行過相關研究。」盧朝天說道，「我現在要和你講的故事，就是和靈魂禁錮相關的。」

「嗯，您說。」我點了一根菸，靜靜地聽他說。

「自從你上次過來，和我說了九陰鬼域的情況之後，我就進行了一些資料搜集，試圖找到解決的辦法。我沒能找到與九陰鬼域相關的資料，不過，無意中看到了一個故事，給了我很大的啟發。

「故事講一群探險的人，無意中進入一處地下洞穴，在裏面遭遇了一連串怪事。他們看到了巨大的心臟形狀的山頭，看到了縱橫交錯的河流，他們沿著河流走動，發現很多乾裂的土地。到了最後，他們才發現，原來他們一直活動的地下空間，是一具非常巨大的人類軀體。」盧朝天有些失笑地說道，「這個和你的猜測有些相似。」

「這和靈魂禁錮有什麼關係？」我不解地問道。

「外宇宙的生命體，很有可能是以我們無法理解的方式存在的。比如說，純精神狀態的生命體，它們力量強大，如同電磁波一般在宇宙中自由穿梭。它們可能會遇到一些意外情況，被禁錮起來，形成非常奇特的靈魂空間。在那種空間之中，生物磁場的力量極為強大，普通人進去之後會產生幻覺，被這種生物磁場操控，會變成靈魂之力的奴隸。」

盧朝天皺眉，說道：

「你現在遇到的事情，我覺得，應該是上古大神的遺體與靈魂禁錮之力的綜合。我覺得，雷鳴電網可能並不是起禁錮作用的，它很有可能是由那個上古大神的生物磁場製造出來的，一方面是為了自保，不想讓人破壞它的遺體，另一方面也可能是為了將自己的生物磁場留存下去。」

盧朝天的話，給我指出了一條非常奇特的思路。煙波浩渺的宇宙之中，可能真的存在純靈魂狀態的生命，它們無跡可循，卻力量強大，可以跨越時空存在！

將我和他的猜測結合起來，基本上就可以完全解釋九陰鬼域的情況了。

九陰鬼域是一位上古大神的遺體，而鬼域之中的強大生物磁場，就是上古大神的靈魂駐留。圍繞在九陰鬼域周圍的龍捲颶風和雷鳴電網，是上古大神使用神力製造出來的結界！

那個結界確實起到了很大的作用，在漫長的歲月中一直保護著遺體，但是，現在結界之力明顯開始消散和減弱，這也使得結界之中的九陰鬼泉之陰力開始外洩，對現實世界產生了影響。九陰之泉的底部，很有可能就是上古大神的元嬰貯存之處。上古大神擁有重生之力，這種力量通過九陰之泉反應出來，就是一種對生命力的吸收、消化，以及重生！

雖然這一切還是推論，但是，原本迷霧重重的疑團，總算能解釋得通了。

請續看《我抓鬼的日子》之十 不死情緣（完）

我抓鬼的日子 之九 神鬼時空

作者：君子無醉
發行人：陳曉林
出版所：風雲時代出版股份有限公司
地址：105台北市民生東路五段178號7樓之3
風雲書網：http://www.eastbooks.com.tw
官方部落格：http://eastbooks.pixnet.net/blog
Facebook：http://www.facebook.com/h7560949
信箱：h7560949@ms15.hinet.net
郵撥帳號：12043291
服務專線：(02)27560949
傳真專線：(02)27653799
執行主編：朱墨菲
美術編輯：許惠芳

法律顧問：永然法律事務所 李永然律師
北辰著作權事務所 蕭雄淋律師

版權授權：蔡雷平
初版日期：2015年4月
初版二刷：2015年4月20日
ISBN：978-986-352-071-9

總 經 銷：成信文化事業股份有限公司
地　　址：新北市新店區中正路四維巷二弄2號4樓
電　　話：(02)2219-2080

行政院新聞局局版台業字第3595號 營利事業統一編號22759935

定價：280元　特價：199元

國家圖書館出版品預行編目資料

我抓鬼的日子 ／ 君子無醉 著. -- 初版-- 臺北市：風雲時代，
2014.6 -- 冊；公分

ISBN 978-986-352-071-9（第9冊；平裝）

857.7　　103013689